GAME OF GOETIA

니콜로

FUSION FAN

마왕드

마왕의 게임 21

니콜로 장편소설

초판 1쇄 찍은 날 § 2017년 4월 14일
초판 1쇄 펴낸 날 § 2017년 4월 21일

지은이 § 니콜로
펴낸이 § 서경석

편집책임 § 조현우

펴낸곳 § 도서출판 청어람
등록번호 § 제387-1999-000006호
등록일자 § 1999. 5. 31
어람번호 § 제1-2677호

주소 § 경기도 부천시 부일로 483번길 40 서경B/D 3F (우) 14640
전화 § 032-656-4452 팩스 § 032-656-4453
http://www.chungeoram.com
Email § chungeorambook@daum.net

ISBN 979-11-04-91282-5 04810
ISBN 979-11-04-90396-0 (세트)

GAME OF GODITH

21

니콜로 장편소설

FUSION FANTASTIC STORY

마왕의 게임

도서출판 청람

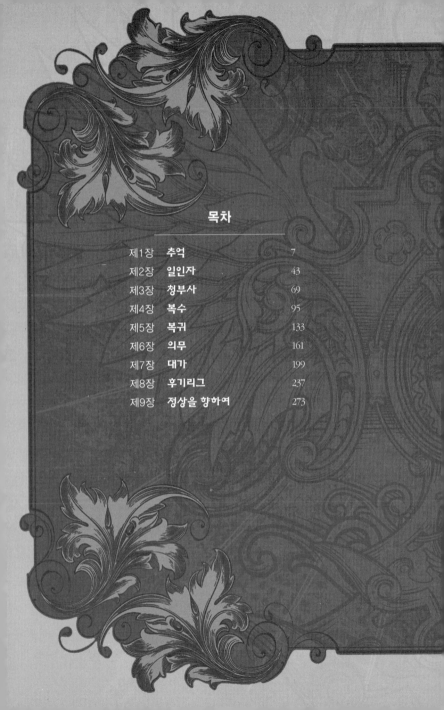

목차

제1장 **추억**   7

제2장 **일인자**   43

제3장 **청부사**   69

제4장 **복수**   95

제5장 **복귀**   133

제6장 **의무**   161

제7장 **대가**   199

제8장 **후기리그**   237

제9장 **정상을 향하여**   273

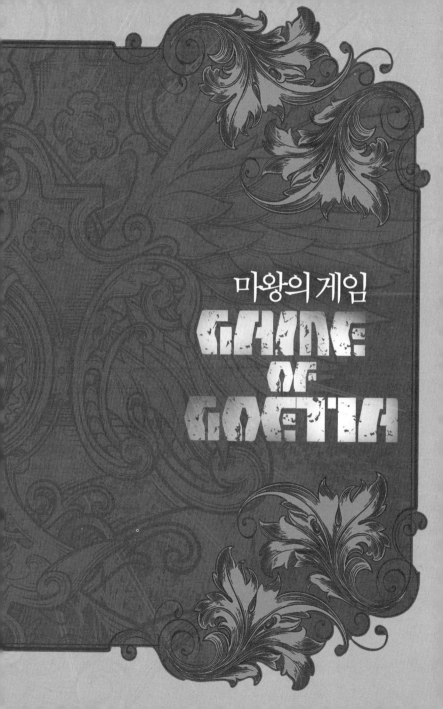

제1장

추억

　오랜만에 고등학교 동창들이 호프에 모여서 술자리를 가졌다.

　오늘은 특별한 날이었기 때문이다.

　호프의 대형 TV는 SC코퍼레이션 발표회의 이벤트 경기를 방영하고 있었다.

　―인공지능과 경기를 치러본 소감이 어떠셨습니까?

　뚱뚱한 백인 사회자의 질문이 통역을 통해 한국말로 시청자에게 전달되었다.

　질문을 받은 중국인 선수 또한 옆에 있는 통역사에게 뜻을 전달받았다.

이름이 지우펑이었던가?

보통은 해외의 프로게이머에게 관심이 있을 턱이 없었지만, 저 선수는 이신과 같은 팀이라는 이유로 한국인에게 낯익었다.

―사람 같아서 놀랐습니다.

―어떤 부분에서요?

―경기 내내 계속되었던 심리적인 교류가 있었다고 해야 할까요?

―좀 더 구체적으로 설명해 주실 수 있으십니까?

지우펑은 조금 생각하다가 다시 답했다.

―예전에 바둑을 두던 인공지능은 엄청난 계산 능력을 가지고 있던 탓에 인간으로서는 이해할 수 없는 수를 두었죠.

―근데 제가 오늘 겪어본 상대는 정반대였습니다. 서로가 어떤 의도를 갖고 있는지 알고 있었고, 그걸 저지하기 위해 싸웠죠.

―솔직히 말하자면, 경기 내내 반대편 부스에 이신 선수가 숨어 있는 게 아닌지 의심했습니다.

관중들이 웃음을 터뜨렸다.

사회자도 웃으며 말했다.

―그것도 재미있었겠지만, 정말로 인공지능이 맞습니다. 코렛 사장이 엄청난 뻥쟁이가 아니라면 말이죠.

관중들의 웃음이 더 커졌다.

호프에서 술을 마시던 20대 중반의 청년들이 TV를 보다가 한마디씩 했다.

"와, 진짜 게임이 뭐라고 게임 만드는 회사가 인공지능까지 만들지."

"그러게 말이다."

"야, 뭐 그런 얘기 있잖아. 나중에 군사적으로 활용하려고 이 신을 이용한 거라고."

"알파고가 알까기 하는 소리 한다."

"왜 인마, 말은 되잖아?"

음모론을 제기하는 친구에게 다른 친구들이 한마디씩 비난했다.

"네 말대로면 신이가 군대 있을 때가 북한 쳐들어가서 통일할 찬스였는데 존나 아쉽겠다."

"신이라면 할 수 있었을 지도 몰라. 워낙 못 하는 게 없었잖아."

"제발 진심으로 말하지 마라. 내가 다 쪽팔린다."

"저 새끼 신이랑 셀카 찍은 사진 가보처럼 가지고 다닌다."

"그 사진 지금까지 수백 명한테 보여주고 자랑했을걸. 정말 징한 놈이다."

"근데 신이가 국방부장관이었으면 되게 웃기겠다. 분명히 우리나라가 먼저 북한 도발할걸?"

"자원을 아껴야 한다고 장성들 모가지 우수수 날리겠지."

"남의 말은 더럽게 안 듣고."

친구들은 서로 맞장구치며 낄낄거렸다.

그랬다.

그들은 이신과 같은 고등학교를 나온 동창이었다.

이따금 같이 PC방에 가서 게임을 하던 사이였지만, 그들 중 이신과 친했었다고 확실히 말할 수 있는 사람은 처음 음모론을 제기했던 김수혁이었다.

"어? 이신이다."

친구들 중 하나가 TV를 가리키며 말했다.

모두의 시선이 다시 TV로 향했다.

―지금 이신 선수가 오늘의 메인 매치를 준비하는 모습입니다.

―세팅에 문제가 있는 걸까요? 뭐라고 스태프와 이야기를 나누는 모습입니다.

―원래 좀 예민한 편이에요. 아마 장비를 바꿀걸요?

해설에 참여한 박영호의 말이 떨어지기가 무섭게, 이신의 장비 세팅을 담당하는 SC스타즈의 매니저가 새로운 키보드를 가져온 모습이 카메라에 잡혔다.

이신은 새 키보드를 세팅하고 다시 게임을 플레이해 보다가 비로소 고개를 끄덕였다.

─잘 아시네요. 중국에서도 저런 경우가 자주 있었나보죠?

─예, 딱히 고장 난 것도 아닌데 누르는 감촉이 달라졌다고 교체해 버리는 경우도 있었죠. 키보드나 마우스나 다 좋은 장비 쓰고 있어서 잘 고장 나는 물건도 아닌데, 참 예민한 양반이죠.

─하하, 그만큼 철두철미하다고 봐야겠죠?

─예, 게임에 관해서는요. 평소에는 또 저렇지도 않거든요.

─하하하.

TV에 진지하게 컴퓨터를 상대로 연습게임을 하는 이신의 얼굴이 클로즈업되어서 나왔다.

"와……."

"진짜 잘생겼다."

호프의 주변 테이블에서 여자들의 감탄이 흘러나왔다.

남자인 친구들이 봐도 명백하게 잘생긴 얼굴이었다.

"뭘 하든 저렇게 성공할 줄은 알았다."

"난 쟤가 연예인 될 줄 알았는데. 아버지처럼 교수가 되든지. 근데 프로게이머는 상상도 못했네."

"그러게."

"신이 추정 재산만 400억 넘는다더라. 프로게이머로 저렇게 성공할 줄은 몰랐지."

"400억? 진짜?"

"기사에 그렇다고 나오던데. 얼마 전에 인수한 팀도 가치 오르고, 중국 재벌한테 선물받은 집까지 시세가 올랐다나."

"전생에 나라를 구했나."

"내가 천 년을 회사 다녀도 못 모을 돈이네, 허허."

친구들의 잡담을 들으며, 김수혁은 멍하니 TV 속의 이신을 쳐다보았다.

'신아……'

이렇게 TV로 자신의 친구를 보고 있으면 기묘한 기분을 느꼈다.

김수혁은 이신과 중학교와 고등학교를 같이 나왔다.

중학교 때는 남남이었으나, 고등학교 때는 2, 3학년을 같은 반으로 보냈다.

김수혁이 기억하는 학창 시절의 이신은 지금 TV 속의 모습과 별 차이가 없었다.

워낙에 수재였고 외모도 수려해서 가만히 있어도 늘 인기가 따랐다.

시험 기간에는 공부 가르쳐 달라고 모여들고, 시험 끝나면 소개팅에 나와달라고 또 모여들었다.

이신 얼굴 보겠다고 다른 학교에서 찾아오는 경우도 심심치 않았으니 말 다한 셈이었다.

특별히 친한 친구가 없는 건 아마 그 때문이 아니었을까 하는 생각이 들었다.

다들 무언가 목적을 가지고 오니, 다 번잡스럽고 귀찮게 여겼으리라.

김수혁이 이신과 친해진 건 순전히 우연이었다.

친구들과 PC방에 가는데 숫자가 맞지 않아서 한 명을 더 찾아야 했다.

그때 교실에 남아 있었던 것이 이신이었다.

혹시나 싶어 제안하니 의외로 가겠다고 응하는 것이었다.

게임에 대해 아무것도 모르는 이신에게 김수혁은 간단한 것만 가르쳐주었다.

"그러니까 자원을 빨리 모아서 빨리 쓰면 이기는 거네?"

간단한 조작법만 설명해 주었는데 이신이 내린 결론이었다.

그러고는 친구들과 팀을 나눠서 한 첫 게임에서 엄청난 숫자의 보병을 뽑어냈다.

건설로봇과 보병 생산 외에는 할 줄 아는 게 없었지만, 그렇게 마구잡이로 찍어내는 보병 부대로도 엄청난 활약을 했다.

그날 몇 시간 동안 게임을 하면서 이신은 단축키를 다 익혔다. 자기 나름의 빌드 오더도 생각하여서 더 많은 보병들을 생산할 수 있게 되었다.

"어때, 할 만해?"

"재미있네."

이신은 고개를 끄덕이며 답했다. 즐거워하는 이신의 표정은 처음 보는 것이었다.

그 뒤로도 이신은 김수혁 일행과 함께 PC방에 다니게 되었다.

빌드 오더, 정찰, 멀티태스킹 등등……

개념을 하나둘 익히더니, 어느 순간부터는 프로들이 하는 방식을 흉내 내기 시작했다. 그때부터는 게임으로 이신을 당해내는 사람이 온라인에서도 드물었다.

'이제는 하다하다 게임조차도 잘하는구나.'

그렇게 생각하며 혀를 내둘렀었다.

옆에서 봐도 워낙 비현실적이어서 질투심도 들지 않았다.

하지만 이신이 '엇나가기' 시작한 것도 그때부터였다.

쉬는 시간에도 공부를 하던 모습은 온데간데없고, 점점 게임에 몰두하더니 급기야는 프로게이머가 되겠다고 했다.

김수혁은 깜짝 놀라서 뜯어말렸지만 이신은 요지부동이었다.

부모님도 선생님도 말렸지만 이신의 결심은 확고했다.

이신의 진로 문제가 화제가 되자 김수혁은 깊은 자책감을 느꼈다. 게임을 하자고 처음 꼬드긴 게 자신이었기 때문이다.

자기 때문에 괜히 전국구로 놀던 우등생이 망가졌다는 자책감!

참다못해 방과 후에 조용히 불러서 따졌다.

"너 진짜 왜 그래? 공부해서 명문대에 가고 탄탄대로 걸어서 성공할 녀석이 무슨 프로게이머야? 거긴 상위 몇 프로 외에는 다 굶는 데인 거 몰라? 네가 뭐가 아쉬워서 그런 도박을 해?"

그런 김수혁에게 이신은 뜻밖에도 미소를 지었다.

그러면서 말했다.

"게임으로 성공하는 게 더 쉬워보여서."

"…뭐?"

"농담이야."

이신은 김수혁의 어깨를 툭 치며 계속 말했다.

"재미있어서 참을 수가 없거든. 그래서 그래."

그 뒤로 이신과 어울려 노는 일이 별로 없었다.

이신은 뭔가에 홀린 듯, 수업이 끝나면 훌쩍 사라져 버렸다.

가끔 새벽에 게임을 켜보면, 온라인에 항상 이신의 아이디가 접속해 있었다.

게임에 미쳐 있을수록 이신의 성적은 떨어졌고, 결국 모두의 기대에 미치는 대학에 가지는 못했다.

그렇다고 나쁜 대학에 간 것도 아니어서, 나중에라도 프로게 이머를 관두면 낭비했던 시간을 다시 만회할 수 있겠지 싶었다.

그렇게 스스로를 위안하며 김수혁은 죄책감을 떨쳐내려고 노력했다.

그리고 이듬해, 김수혁은 이신이 우편으로 보낸 결승전 티켓을 받았다.

그 티켓으로 결승전 경기를 직관한 김수혁은 상대를 순식간에 압살해 버리고 우승패에 키스를 하는 이신을 볼 수 있었다.

'게임으로 성공하는 게 더 쉬워보여서.'

김수혁은 그 말이 농담이 아니었음을 비로소 깨달았다.

그 후로도 유명인이 된 이신에게 섣불리 연락을 먼저 하지 못했다.

이신도 딱히 연락하지 않아서 그렇게 인연은 끊겼지만, 김수혁은 자신이 직접 본 가장 특별한 인간을 잊을 수 없었다.

나이가 들어 사회 초년생이 된 지금, 이신이라는 존재는 김수혁이 매사에 열심히 살기 위해 노력하게 만드는 롤 모델이 되었다.

똑같은 나이에 이미 수많은 업적을 이루고 많은 역경을 이겼던 친구를 보고 있노라니, 최소한 발끝이라도 따라잡고 싶다고 자극을 받는 것이었다.

'그러니까 아무에게도 지지 마. 계속 최고로 있어줘, 신아.'

김수혁은 이제는 옛 추억이 된 친구를 응원했다.

*　　　　*　　　　*

왜 갑자기 옛날 생각이 났던 걸까?

부스 안에서 세팅을 마치고 명상에 잠겼던 이신은 딴생각을 하다가 정신을 차렸다.

친구 따라 간 PC방에서 이 게임과 처음 만났던 때를 잠시 떠올렸었다.

그때를 회상하다가 정신을 차리니, 지금 이렇게 부스에 앉아 수많은 관중이 바깥에 앉아 있는 풍경을 보는 게 낯설게 느껴졌다.

그동안 많은 사건을 겪었던 탓에 상당히 오래전의 일이라고 생각했는데, 지금 돌이켜 보니 아직 10년도 안 됐다.

그때 그 친구는 지금쯤 직장 생활을 막 시작했거나, 아니면 취업 준비를 하고 있을 시간이었다. 이제 막 사회생활을 시작할 나이다.

'아직 10년도 못 했는데 벌서 끝물이라고?'

그렇게 생각하니 살짝 약 올랐다.

프로게이머로서의 전성기란, 인생을 바친 것치고는 너무 짧은 게 아닌가?

'절대 안 질 거다.'

아직 옛 추억만 되새기기에는 자신이 너무 어렸다.

옛 추억이 형상화된 분신 그 자체인 인공지능에게 절대로 지고 싶지 않았다.

*   *   *

—드디어 시작됐습니다! 이신 선수가 과거의 자신과 싸우게 되었습니다.

—양쪽 모두 장단점이 있습니다. AI는 역사상 가장 강력한 피지컬을 자랑했던 전성기의 이신 선수를 구현했죠. 앞서 멋진 경기를 펼쳤던 세계 정상급의 세 선수조차도 피지컬에서 압도당할 정도였습니다.

—예, 반면에 오늘날의 이신 선수는 피지컬의 저하가 있을지언정 여전히 제2의 전성기라 할 정도로 무서운 역량을 지니지 않았습니까!

—그렇습니다. 특히나 전략적으로 더욱 깊이가 생긴 모습을 보여주고 있는데, 그게 오랫동안 정상에 군림했던 관록이죠!

—예! 피지컬의 AI와 관록의 이신! 모두가 궁금해했던 희대의 대결이 지금 시작되었습니다!

1세트가 시작되었다.

시작은 잠잠했지만, 이내 빌드 오더가 서로 엇갈렸다.

기갑정거장을 짓고서 바로 앞마당에 확장을 시작한 이신.

이에 반해 AI는 기갑정거장 다음에 항공정거장을 건설했다.

―아! 지금 양측 빌드가 갈렸는데요? 이신 선수는 무난한 1기갑 더블, AI는 1기갑 1항공을 선택했습니다. 이러면 일단 빌드는 AI가 유리한 것 같은데요?

이병철 캐스터의 말에 정승태 해설위원도 동의했다.

―예, 일단 이신 선수가 얼마나 잘 대처하는지를 봐야 할 듯합니다. 근데 지금 이신 선수는 정찰 운도 별로 좋지 않습니다.

이신의 위치는 1시.

AI는 5시로 서로 세로로 직선 거리였다.

이신은 첫 정찰을 11시로 보내고 말았다.

하지만 AI의 정찰은 바로 위로 올라가 이신의 진영을 한 번에 발견했다.

앞마당에 확장 기지 공사에 들어가고 있는 것만 봐도 이신의 빌드 오더를 알 수 있는 상황.

―이신 선수의 1기갑 더블 빌드를 확인하자마자 바로 공격에 나섭니다.

보병 4명과 고속전차 1기가 출진하여 1시를 향하여 북진.

해설에 참여한 최환열은 옵서버가 비춰주는 이신의 본진 상황을 보고는 입을 열었다.

―다행히 지금 이신 선수가 고속전차를 2기까지 생산에 들어가고서 기갑부속연구소를 짓습니다. 1기만 뽑고 바로 기갑부속연구소를 지었으면 이번 공격에 낭패를 볼 뻔했어요.

―예, 저 정도면 고속전차 2기와 몇 기의 건설로봇으로 충분히 방어할 수 있죠. 이신 선수도 상대의 성향을 뻔히 알기 때문에 안전한 선택을 한 것 같습니다.

동의하는 정승태 해설위원의 말에 최환열이 또 한마디 덧붙였다.

―하지만 잘 막아야 합니다. 보통 저 상황에서는 보병 4명은 그냥 공격 명령만 시켜놓고 고속전차를 컨트롤하거든요. 근데 이신은 보병까지 전부 다 일일이 컨트롤합니다.

―아, 그렇죠. 그래서 많은 선수들이 보통은 무난하게 막을 수 있는 상황인데도 지곤 했죠.

―이걸 막은 뒤에도 항공정거장에서 생산하고 있는 스텔스 전투기가 또 오거든요. 여기서 벌써 피해를 보기 시작하면 한도 끝도 없이 계속 시달립니다! 본인이 더 잘 알겠죠.

AI의 병력이 앞마당에 들이닥쳤다.

이신은 즉시 고속전차와 건설로봇을 대동했다.

―투타타타타!

―퍼엉!

앞마당에서 교전이 시작되었다.

AI는 일단 앞마당에서 통제사령부를 건설하던 건설로봇부터 처치해서 확장 기지 공사를 지연시켰다.

이신은 본진 출입구를 고속전차 2기로 지켰다.

AI가 그대로 공격!

이신은 건설로봇도 3기 동원하여 함께 방어를 했다.

집중공격을 받는 고속전차를 뒤로 뺐다. 합류한 건설로봇들이 고속전차를 수리.

그런데 그 틈에 AI의 보병들이 출입구를 비집고 들어가 수리받고 있는 고속전차를 계속 집중사격!

—투타타타타타!

—으악!

—으아악!

—퍼엉!

보병 2기가 죽었지만 이신도 고속전차를 잃었다.

다른 고속전차도 위태위태했다.

건설로봇이 추가로 더 싸움에 투입되었고, 본진 안에서 어지러운 싸움이 펼쳐졌다.

AI의 보병들이 달려드는 건설로봇들을 피해 다니며 고속전차를 집요하게 사격했고, 이신 또한 위태로운 고속전차에 건설로봇들을 붙여서 수리하며 버텼다.

—현란한 컨트롤이 펼쳐집니다! 계속 빠져나가면서 총 쏘는 보병들 좀 보세요!

—그 와중에 이신 선수도 건설로봇을 1기도 잃지 않았습니다. 고속전차에 붙어 수리하면서 계속 항전!

끝내 AI가 먼저 물러났다.

체력이 아슬아슬한 고속전차가 살아서 도망쳤지만, 보병들은 살아 돌아가지 못했다. 이신의 건설로봇들이 재빨리 블로킹해서 출입구를 차단했기 때문이다.

이신은 그렇게 싸우는 와중에도 중장갑개발소를 건설하고 있었다.

기계 보병을 생산하려면 먼저 중장갑개발소가 있어야 했기 때문.

AI가 항공정거장에서 스텔스 전투기를 뽑고 있음을 방금 전투에 동원된 AI의 병력 규모를 보고 파악한 것.

하지만 중장갑개발소가 완공되기도 전에 막 생산된 AI의 첫 스텔스 전투기가 날아왔다.

스텔스 전투기는 중장갑개발소를 짓고 있는 건설로봇부터 공격했다.

기계 보병을 뽑지 못하게 해야 피해를 더 많이 입힐 수 있기 때문이었다.

이신은 기계 보병이 생산될 때까지는 계속 스텔스 전투기에게 일방적으로 얻어맞는 수밖에 없었다.

다만 스텔스 전투기의 공대지 공격력이 얼마 안 되고, 앞마당 확장을 먼저 했다는 이점이 있기 때문에 최소한의 피해로 막아내기 용이했다.

이신은 건설로봇을 하나 더 투입해서 중장갑개발소 건설을 속행했다.

1기는 건설을, 또 1기는 맞고 있는 건설로봇을 수리해 주면서 말이다.

이신의 수리가 워낙 좋았기 때문에 스텔스 전투기는 타깃을 바꿨다.

스텔스 전투기가 추가로 더 와서 공격했다.

─이신 선수의 대처가 굉장히 좋습니다. 맞고 있는 건설로봇을 계속 앞마당으로 도망 보내면서, 지금까지 1기도 죽지 않았습니다.

─하지만 저런 것들도 다 피해죠. 아까 싸울 때 건설로봇들을 동원했던 것도 다 자원 손해였고, 지금 상황은 AI가 유리합니다.

결국 중장갑개발소가 완공되고, 기계 보병이 생산되어서 스텔스 전투기들을 쫓아내었다.

하지만 결과적으로 누적된 손해로 인하여 이신이 불리한 출발을 한 셈이었다.

잠시 후, 양측의 병력은 서로의 중간 지점인 3시 부근에서 서로 대치하였다.

기동포탑들이 포격모드로 변신하여서 서로에게 겨누고 있는 상황.

AI는 기동포탑 2기만 그렇게 세워놓고는 나머지 전 병력을 은밀히 반시계방향으로 우회시켜서 이신의 1시 진영을 향해 진격했다.

—AI가 우회해서 갑니다! 이신 선수도 알아챘어요. 바로 맞대응하러 갑니다.

—막는 건 문제가 아니지만, 진짜 문제는 좋은 자리를 빼앗긴다는 겁니다! 다행히 지금은 이신 선수의 대응이 빠릅니다.

—최소한 12시까지 자리를 내줘서는 안 됩니다! 그랬다간 1시를 제외한 나머지 전 지역을 내준 채 조여져 버려요!

우회 침투한 AI와 요격 나온 이신의 병력이 12시 앞에서 격전을 펼쳤다.

그런데 이신은 앞마당에서 일하던 건설로봇 몇 기를 싸움에 대동한 채였다.

그 이유는 곧 밝혀졌다.

AI의 기동포탑들이 포격모드로 변신했는데, 이신은 그러지 않고 그냥 냅다 돌격했다.

대동시킨 건설로봇들을 방패막이로 앞세운 채로.

—퍼퍼퍼펑—!

—퍼엉! 펑!

건설로봇들이 포화에 휩쓸려 죽었다.

그 틈에 이신의 군대가 가까이까지 접근했다.

포격모드를 하고 있을 때는 가까이에 있는 적을 공격 못하기 때문에, AI는 곧바로 포격모드를 풀고 후퇴했다.

이신은 계속 쫓아가서 기동포탑 1기를 잡아냈다.

―이신 선수가 밀어냈습니다!

―저 자리에 AI가 자리 잡았으면 난리 났었죠?

―예, 12시를 가져가지 못하게 되고, 11시, 9시, 7시까지 맵 서쪽 땅을 모조리 AI에게 내주게 되는 셈이거든요.

최환열의 열띤 설명이 계속되었다.

―그래서 지금 이신 선수가 계속 뒤쫓으면서 밀어붙이고 있는 겁니다. 상대 병력을 완전히 몰아낸 후에 자리 잡고서 맵을 남북으로 반씩 나눈 선에서 이 상황을 수습하고 싶거든요.

―예, 그런데 AI도 그건 싫은 모양인지 후퇴하다말고 11시에서 멈춰 섰습니다. 후속 병력이 올라왔거든요!

AI의 후속 병력이 출현하자, 이신도 후퇴할 수밖에 없었다.

11시에서 자리 잡은 AI.

그대로 11시에서부터 3시까지 이어지는 라인을 그어서 이신을 몰아넣겠다는 의도였다.

그런데 이신은 그런 AI의 구상에 따를 생각이 전혀 없었다.

12시를 지키기 위해 기동포탑 몇 기를 배치시켜 놓고는 나머지 병력을 이끌고 그대로 남하했다.

목표는 3시!

―이신 선수가 3시로 총공격을 감행합니다!

―11시를 AI가 차지한 걸 보자마자 이대로는 안 되겠다고 판단을 내렸습니다. 정말 결단력 끝내줍니다!

―지금 이신 선수가 기계 보병을 2기까지밖에 안 뽑았거든요. 만약에 AI가 스텔스 전투기를 계속 모으고 있었더라면 낭패를 보았을 텐데, 그 부분은 대비를 포기하고 기동포탑과 고속전차만을 끌어모았어요! 지금 상황이 이신 선수에게는 승부수예요!

AI도 잽싸게 1시에 있던 병력을 이끌고서 쫓아갔다.

양측의 주력이 3시에서 격돌했다.

앞에도 뒤에도 적이 있었지만, 이신은 뒤도 안 돌아보고 그대로 상대의 방어선을 들이받았다.

투지와 패기로 똘똘 뭉쳐진 돌격이었다.

―퍼퍼퍼퍼퍼퍼펑!

양측의 기동포탑이 불기둥을 연신 쏟아내었다.

AI의 고속전차들이 달려와서 이신의 기동포탑 근처에 연신 지뢰를 심었다.

그냥 방치하면 지뢰에 의해 기동포탑이 휘말려 폭사하는 상황!

그러자 이신의 고속전차들도 바쁘게 움직이며 그 지뢰들이 땅속에 들어가기 전에 제거했다.

전후좌우 사방에 지뢰를 심어대는 AI의 눈부신 플레이!

그리고……

—와! 지뢰 일점사!

—저, 저 정도면 이점사라고 해야죠! 고속전차를 2부대로 나눠서 지뢰를 2개씩 제거해 버립니다!

—그 많던 지뢰가 순식간에 사라져 버렸습니다! 대체 인간은 어느 쪽입니까?!

그랬다.

기동포탑들을 둘러싸고 사방에 지뢰를 동시다발로 지뢰를 심은 AI의 플레이는 가공할 것이었다.

보통 인류 플레이어였다면 기동포탑을 깡그리 잃었을 것이다.

하지만 상대는 이신이었다.

고속전차를 둘로 나눠서 동시 컨트롤!

그 많던 지뢰를 일일이 클릭하여서 깡그리 제거해 버렸다.

결국 AI는 지뢰를 심으려고 접근했다가 고속전차를 상당수 잃었다.

이번에는 이신이 AI에게 숙제를 내렸다.

너도 한번 해봐라!

이신의 고속전차들이 육탄 돌격하여 지뢰 심기!

거기에 대해 AI는 후퇴로 화답했다.

—AI가 밀렸습니다! 3시를 내주고 한 발 물러나서 다시 방어

선을 구축합니다.

―방금 아주 잘 싸운 덕에 최악의 상황은 모면했습니다. 하지만 여기서 만족할 수 없죠. 1시, 3시, 12시 이외에 전 지역을 상대가 차지한 상황이거든요! 이제 멈추지 말고 계속 칼을 휘둘러야 하는 건 이신 선수입니다!

―예, 멈출 생각이 없어 보입니다!

대형화면에 비친 이신은 눈을 매섭게 부릅뜨고 있었다.

어디 누가 먼저 죽나 해보자는 듯한 무시무시한 표정!

비유하자면, 초읽기 제한 시간이 1초밖에 안 주어진 바둑과도 같은 숨 막히는 혈투가 펼쳐지고 있었다.

*　　　　*　　　　*

계속해서 격돌했다.

이신이 공격적으로 주력 병력을 진격시켰고, AI 또한 이신이 노리는 곳을 정확히 마크했다.

AI는 이신이 지상군에 집중한 것을 보고, 스텔스 전투기를 모았다.

하지만 스텔스 전투기 편대가 공격에 나섰을 때, 이신의 진영에서는 로켓 프리깃 3기가 나타났다.

부족한 지대공을 공략해 올 거라고 이미 예상하고 있었던 것이다.

AI는 자신의 컨트롤을 믿고 싸움을 걸어보았지만, 로켓 프리
깃으로 치고 빠지는 무빙 샷을 펼치는 이신의 컨트롤도 초일류
수준.

결국 AI는 스텔스 전투기 2기를 소실하고서 물러섰다.

—이신 선수가 상대의 노림수를 잘 받아쳤습니다.

—역시 누구보다도 상대를 잘 알고 있기 때문에 다음 노림수
가 뭔지 훤히 꿰뚫고 있는 겁니다! 지금 싸움이 펼쳐지는 템포
가 말도 못하게 빠른데, 이신 선수가 잘 대처하고 있습니다.

"쯧."

TV를 보던 중년 부부.

문득 남편이 혀를 찼다.

"잘 쫓아간다고 되는 상황이 아니야. 한발 앞서서 움직여도
모자랄 판에."

그러자 부인의 얼굴에 놀라움이 깃들었다.

"경기를 볼 줄 알아요, 여보?"

"알죠."

남편이 말했다.

"학교에서 학생들이 내 아들 얘기를 얼마나 하는지. 내 아들
에 대해 내가 아무것도 모르면 망신이지."

변명은 체질이 아니라 그런지 참 서투르다고 생각하며 부인

은 웃었다.

"11시를 탈환하지 못하면 시간이 지날수록 불리해."

남편, 즉 이신의 아버지는 투덜거렸다.

"뭔가 수를 써야 하는데, 지금 저놈이 도무지 틈을 안 주잖아."

"저것도 우리 아들이래잖아요. 손 다치기 전에는 더 잘했나봐요."

"쯧……."

암흑 같았던 1년을 떠올리자 남편의 얼굴도 어두워졌다.

"저렇게 잘하는 걸, 진즉에 알아줬더라면 좋았을걸."

적어도 혼자가 아니라는 것을 알게 해주었더라면, 부상당한 후로 그렇게 절망하지는 않았을 지도 모른다.

"하지만 아직 포기하지 않았어. 역전할 기회를 찾고 있을 거야."

*　　　　*　　　　*

서로의 덩치가 커지면서 격전도 더욱 잦아졌다.

본진과 앞마당의 자원이 고갈되어 갈 때 즈음, 이신은 3시와 12시의 확장 기지에서 자원을 공급받아 버티고 있었다.

AI의 경우 6시, 7시, 9시를 한꺼번에 가져가 자원 우위를 차지했으며, 11시 앞마당에도 병력을 배치하여서 이신이 손 뻗지 못하게 방해하는 상황.

이신으로서는 어떻게든 이 11시를 탈환해야 자원상 동등해질 수 있었다.

AI가 11시에 있는 자원까지 파먹기 시작하면 돌이킬 수가 없어진다.

하지만 계속 공격받고 있는 쪽은 오히려 이신이었다.

AI가 이신에게 자원을 공급해 주는 생명줄인 3시와 12시를 지속적으로 타격하고 있었던 것이다.

전선(戰線)이 3시, 12시에 인접해 있기 때문에 AI의 공격에 쉽게 노출되고 있었고, 이신은 그것을 막느라 정신없었다.

자원상으로 밀리는 건 물론이고, 지리적으로도 AI가 좋은 요지를 차지하고 있기 때문에 형세는 겉보기보다 더 이신에게 안 좋았다.

AI는 정말 쉬지 않고 계속 괴롭혀댔다.

쉴 틈을 주지 않겠다는 의도가 다분했다.

'정말 짜증나는 놈이다.'

이신은 생각했다.

'아무것도 못하고 가드만 올리고 있다가 지게 만들려 하고 있어.'

욕은 나오는데 그래봐야 누워서 침 뱉기였다.

저게 누구의 플레이 스타일인지는 명백하니까.

'제발…….'

이신은 힘겹게 버티면서 간절하게 기회를 엿봤다.

'제발, 내가 뭔가 해볼 수 있는 한 번의 기회만 다오.'

딱 한 번.

그 이상을 기대할 수는 없었다.

그저 딱 한 번만 뭔가를 해볼 기회가 생기기를 바랐다.

이신은 공격받는 3시와 12시 확장 기지를 필사적으로 지키면서, 틈나는 대로 항공수송선을 생산하기 시작했다.

1척, 1척…….

항공수송선이 조금씩 모이기 시작했다.

궁지에 몰린 인류가 꺼내드는 마지막 카드.

그리고 이신이 준비했던 전략의 요체이기도 했다.

항공수송선이 야금야금 모였을 때였다.

—삐리릭.

레이더 소리가 들렸다.

AI가 레이더로 항공수송선이 모여 있는 곳을 정확하게 레이더로 찍어 확인한 것이다.

항공수송선을 모으고 있는 중이라는 걸 곧바로 알아챈 것.

어떻게 이렇게 귀신같이 알 수 있었을까?

'항공정거장의 위치를 기억하고 있었으니까.'

이신이라도 이런 타이밍이라면 상대방의 항공정거장 쪽을 체크했을 것이다.

이쯤 되었을 때, 불리한 상대가 항공수송선을 활용한 대규모 드롭으로 전세 역전을 노릴 수 있기 때문이다.

하지만 사전에 들통 날 거라는 건 이미 감안하고 있었다.

지금부터가 승부다.

'간다.'

이신은 주력 병력을 항공수송선에 태워서 이동했다.

목표 방향은 9시.

*   *   *

─카이저가 출발합니다. 대략 7척 정도 되는 항공수송선이 병력을 가득 싣고 곧장 9시로 향하는데요!

─AI의 확장 기지 중 자원이 가장 팔팔한 게 9시거든요. 여길 쳐서 밀어버리는 데 성공하면 전세가 한 번에 만회됩니다.

─동의합니다. 근데 AI도 그 말에 동의하는 모양이네요. AI의 스텔스 전투기 편대가 9시로 향하고 있거든요!

"와아아아아!"

"눈치챘어!"

"AI카이저 진짜 잘하잖아!"

e스포츠가 좋아서 전 세계에서 모여든 수만 관중들이 환호했다.

아까는 이신이 AI의 노림수를 받아치더니, 이번에는 AI가 이신의 의도를 간파하고 있었다.

치열한 격전 속에서 계속되는 두 사람의 수싸움은 보면 볼수록 감탄이 나왔다.

—스텔스 전투기 편대가 먼저 9시에 도착했습니다.

—아, 기동포탑도 자리 잡고 있고, 이곳에 드롭하는 건 굉장히 무모해 보이는데요. 카이저의 한 수 치고는 너무 뻔한 드롭인 것 같습니다.

해설진의 중계와 관중의 환호가 뒤섞인 가운데, 주디를 비롯한 이신의 제자 일행도 손에 땀을 쥐며 경기를 지켜보았다.

"우리 생각보다 더 잘하지?"

"응, 그렇게나 연습하셨는데 밀리고 있다니……."

존의 말에 차이가 고개를 저었다.

"그렇게 연습한 덕에 계속 버티고 계시는 거야. 방어가 아니라 난전으로 맞불을 놓는 쪽으로 생각하셨더라면, 지금쯤 벌써 끝났을걸."

"AI의 피지컬이 너무 좋아."

"전성기 시절의 선생님이잖아. 그래도 용케 항공수송선을 모았어."

"그게 나오는 건가?"

이신의 연습을 도와주었던 존과 차이는 누구보다도 다음 순간 벌어질 상황에 대해 기대를 품고 있었다.

전략적 우위를 한 번에 바꾸는 회심의 드롭.

과연 이신은 어느 포인트를 핵심이라고 짚었을까?

"나 같으면 9시와 11시 사이에 드롭하겠어. 9시를 노릴 수 있으면서 11시에 있는 병력도 억제할 수 있잖아."

차이가 말했다.

존은 고개를 갸웃거렸다.

"탁상공론 아냐? 난 그냥 11시 본진 안쪽에 병력을 드롭해서 거기다가 확장 기지를 지을 거야. 그럼 확장 기지 숫자가 같아지잖아."

"11시로 가는 육로는 적에게 막혀 있는데도? 그럼 11시가 공격받으면 또 지원 병력을 항공수송선으로 실어 날라야 한다는 뜻이야. 중간에 스텔스 전투기에게 격추당하면 끝이지. 제공권이 이쪽에 없을 땐 무의미해."

"누나는 어떻게 생각해?"

"음, 5시? 상대 본진을 쳐야 한 방에 역전할 수 있잖니."

"그렇긴 한데 거긴 이미 대공포로 둘러놓고 있지. 항공수송선을 진즉에 체크했는데 그 정도 대비도 안 했을까봐?"

"그것도 그러네."

세 사람의 예상은 모두 빗나갔다.

9시로 향하는가 싶었던 항공수송선 선단(船團)은 돌연 방향을 돌렸다.

그리고 그 길로 곧장 센터, 즉 맵의 정중앙에 병력을 일제 투하했다.

중앙에 이미 자리 잡고 있던 AI의 소수 병력이 그대로 몰살당하고, 그 자리는 이신이 차지했다.

—정중앙 드롭!!

—9시를 노리던 카이저가 돌연 방향을 돌려서 중앙에 병력을 내렸습니다! 9시로 가면 막힐 것 같으니까 차선책인가요, 아니면 무언가 의도가 더 있는 걸까요?!

—카이저의 병력들이 계속 내려갑니다! 6시?! 지금 6시를 노리는 건가요?!

AI의 방어선은 3시 부근에서 11시까지 이어져 있어서 맵의 6할 이상을 장악하고 있었다.

이신은 3시에서 12시까지 이어진 방어선으로 버티던 상황.

그런데 갑자기 대규모 드롭으로 정중앙을 장악하며 AI의 방어선을 분단시킨 이신이 계속 6시를 향해 남하하는 것이었다.

9시 방어에 초점을 두었던 AI로서는 예상치 못한 중앙 돌파를 당한 셈이었다.

AI도 부랴부랴 새로 생산된 병력을 6시로 보내 방어를 했다.

하지만 이신은 6시 부근에 병력을 배치시켜 놓고 더 공격하지는 않았다.

대신 단번에 중앙에서 6시 부근까지 이어지는 이신의 새로운 방어선이 생겨나면서, 맵을 양분하던 구도가 어그러지기 시작했다.

일단 센터를 잡자 이신의 활동 범위가 대폭 넓어졌고, 반면에 AI의 지상군은 동선이 대폭 차단되었다.

그리고…….

—드디어 카이저의 고속전차들이 움직입니다! 타깃은 7시!

—지금 갑자기 센터가 뚫려서 7시가 무방비로 노출됐죠! 카이저가 이걸 놓치지 않습니다!

7시로 쏜살같이 달려가는 고속전차들.

7시의 확장 기지에서 일하던 AI의 건설로봇들이 그야말로 일순간에 학살당했다.

동시에 6시!

—퍼퍼퍼펑!

—퍼퍼펑!

6시 확장 기지 또한 기동포탑들의 포격이 쏟아졌다.

AI의 스텔스 전투기 편대가 즉각 달려왔지만, 이미 이신은 그곳에 재빨리 대공포를 지어둔 상황.

드롭 작전을 실행할 때, 건설로봇 몇 기도 대동해서 즉각 드롭하자마자 대공포를 곳곳에 지어놓은 발 빠른 행동이었다.

AI로서는 갑자기 곳곳에서 병력들이 각개격파당한 상황.

6시는 계속 공격받고 있었고, 7시는 이미 고속전차들이 메뚜기 떼처럼 휩쓸고 지나가서 일하는 건설로봇들이 남아 있지 않은 상황.

AI도 9시와 11시에 배치된 병력으로 무언가 해야 했다. 그렇지 않으면 계속 이신에게 휘둘리게 된다.

하지만 또 이신이 먼저 움직였다.

갑자기 6시 공격을 중단하더니, 전 병력을 이끌고 방향을 3시로 돌린 것이다.

3시 확장 기지를 괴롭히던 AI의 병력이 삽시간에 사방에서 덮쳐온 이신의 병력에 의해 일소되었다.

AI도 9시, 11시의 병력을 전부 이끌고 센터 지역으로 진격하였지만, 이미 이신의 폭풍 진격으로 3시 부근 병력은 각개격파로 잡아먹힌 상황.

모든 것이 정중앙 드롭에서 시작된 이신의 총공세였다.

―맙소사! 갑자기 판이 뒤집어졌습니다!

―신의 드롭입니다! 맵 센터를 드롭으로 빼앗기자마자 6시, 7시가 전부 위험에 노출되었는데, 바로 이걸 노렸던 겁니다!

―9시와 11시에 병력이 집중되어 있는 걸 보고 허를 찌른 거죠! 단 한 방! 이 한 방에 판세가 바뀌었습니다.

예상치도 못했던 곳에서 시작된 짜릿한 역전의 서막에 관중들은 그야말로 열광의 도가니에 빠졌다.

*　　　*　　　*

문득 과거의 자신에게 해주고 싶은 말이 생각났다.

살다 보면 이런 때도 있다고.

네 의도를 전부 꿰뚫고 있고, 컨트롤 싸움도 너보다 아래가 아닌 상대를 만나는 법이라고.

물론,

'난 아직 안 만나봤지만.'

이신은 최후의 일전을 준비했다.

'넌 오늘 만났다.'

AI가 전 병력으로 맵 센터를 쳤다.

아직 스텔스 전투기로 제공권을 쥐고 있을 때 한판 승부를 보는 게 그나마 낫다고 판단한 것이었다.

하지만 이신은 그곳에서 아가리를 벌리고 AI가 들어오기만을 기다린 상태였다.

문득, 신인 시절에 최환열에게 들었던 핀잔이 생각났다.

"인마, 너 뭐 잘못 먹었냐? 인류가 왜 병력을 자꾸 꼬라박아? 무슨 광전사냐? 그놈의 공격 본능 좀 어떻게 할 수 없냐?"

그리고 지금, AI가 센터 지역에서 병력을 꼬라박고 있었다.

AI에게서 GG가 선언되자, 이신은 미소를 지었다.

돌이켜 보면 게임과 함께 인생을 시작한 뒤로 즐거운 추억이 참 많다고 생각하면서.

제2장

일인자

　3판 2선승제로 치러진 세기의 대결은 결국 3세트까지 꽉 채운 끝에야 승부가 났다.

　실시간 스트리밍으로 경기를 관람한 전 세계의 팬들은 난리가 났다.

　—제기랄, 왜 3판 2선인 거야?

　—종족 대표 셋도 한 세트씩 치러야 했으니까 시간상 그 정도가 적당했지.

　—난 이런 경기라면 내일까지 꼬박 밤을 새서라도 볼 수도 있어.

—최소한 5판 3선, 아니, 이건 7판 4선까지 해야 했어. 겨우 3세트라니!

—둘 다 너무 대단해. 카이저는 역시 영원한 신이야.

—이럴 줄 알았으면 그냥 종족별 대표 셋을 빼버리고 이벤트 하루 전체를 카이저 대 인공지능으로 가득 채웠어야 했어.

—가여운 마이클 조셉, 이번에도 실력 발휘를 못했어.

—실력이 부족한 거지:D

—마이클 조셉의 실력이 부족하다고? 북미 리그 최강에 그랑프리 단체전에서도 MVP를 받은 선수에게 할 소리냐?

—실력 있는 선수지만 카이저의 뒤를 이을 만한 정도는 아냐. 이걸로 확실해졌어.

—그만들 해. 마이클 조셉은 운이 없었어. 오히려 초반의 기습 공격을 막아낸 걸 칭찬해야지. AI가 타이밍을 기가 막히게 잘 잡고서 치고 들어간 거라고.

—그만들 해. MJ도 아마드 부티아보다는 운수가 좋은 거니까.

—ㅋㅋㅋㅋ정말 불쌍한 건 게임하는 내내 얻어맞은 아마드지.

—아마드도 어떻게든 버텨보는데, 정말 눈물겨울 정도로 냉혹하게 얻어맞던데.

—AI를 잘못 만든 거 아냐? 세 종족 대표가 전부 진 건 너무 심하잖아. 밸런스 붕괴라고.

—너 뉴비지? 예전의 카이저를 본 사람은 알아. 그건 완전히 전성기 시절의 카이저 모습 그대로였어.

—냉혹하게 상대를 몰아세우는 파워풀한 파괴력이 완전히 카이저였지.

그때는 공포 그 자체였다고.

—역시 카이저는 대단해. 세 대표 선수도 못 이긴 AI를 꺾었잖아.

—전성기 시절의 자기 자신을 능가했어. 그 나이에도 불구하고 여전히 발전하고 있었던 거야.

—너무 감격이야.

—저런 대단한 게임을 더 좋아진 그래픽으로 보니까 너무 행복해.

*   *   *

3세트가 막 끝나고 대기실에 돌아온 이신은 손이 떨리는 걸 제어하지 못했다.

'정말 이겼나.'

하도 두들겨 맞아서인가.

아직도 게임이 끝난 것 같지가 않아서 긴장감이 풀어지지 않았다.

그 정도로 강렬한 격전이었다.

늘 공격하는 입장에 섰던 이신은 오늘 처음으로 내내 수비하며 버티는 입장이 되어야 했다.

1세트의 역전승 이후 AI는 정공법으로 나왔다.

바로 2세트에서 벌어진 멀티태스킹 싸움이었다.

전선 다방면에서 끊임없이 기동포탑의 사정거리 안에 한 발짝씩 침범하며 포격전을 펼쳤고, 동시에 한두 척의 항공수송선을 찔러 넣어서 견제를 펼쳐 이중 삼중으로 교란시켰다.

그때마다 견제는 잘 막아냈으나, 전선은 계속 한 발짝씩 밀려났다.

기동포탑의 사거리 계산이 정확해야 하고 시야 확보도 해줘야 하는 각도기 싸움은 집중을 하지 않으면 안 되는 고난도의 플레이였다.

그걸 곳곳에서 다방면으로 펼치니 죽을 맛이었다.

거기다가 견제를 넣어서 시선까지 분산시키면서 말이다.

아마도 1세트의 경험을 통해 상대가 전략성이나 컨트롤 센스가 심상치 않다는 걸 인지한 AI가 피지컬 싸움으로 방향을 돌린 듯했다.

그런 식의 발상의 전환도 분명 SC코퍼레이션 측에서 이메일로 문의를 할 때 코멘터리를 해줬던 걸로 기억했다.

다전제에서 어떤 식으로 상대와 심리전을 펼쳤는지에 대해 설명해 준 게 고스란히 AI에 반영된 결과였다.

쉬지 않고 여러 곳에서 포성이 울려 퍼지니, 관중들은 치열한 싸움 양상에 뜨겁게 흥분했겠지만 이신은 죽을 맛이었다.

피지컬에서 점차 압도당한 채 2세트를 내줘 버렸다.

거의 억지로 2세트 승리를 강탈해 간 AI였다.

이에 대해 이신도 할 말이 없었다. 본인이 과거에 즐겨 썼던 수단 중 하나였으니까.

'손지훈과 결승전을 치렀을 때 그랬었지.'

만성적인 손가락 관절 부상에 시달렸다가 이신에게 치유받고 올도어SCC로 이적한 손지훈.

지금은 베테랑으로서 후배 선수들의 정신적 지주 역할을 하지만, 그때는 매우 강력한 도전자였다.

지독한 준비를 했는지 전략도, 판단도, 컨트롤도 완벽해서 파고들 틈이 보이지 않았었다.

그때 이신은 이처럼 피지컬로 밀어붙여 간신히 승리했다.

분투 끝에 준우승한 손지훈은 인간계 우승자란 별명을 얻었고 말이다.

이와 마찬가지로 AI는 2세트에서 효과를 확인하자 3세트에서도 똑같이 나오려 했다.

하지만 이신도 대응 전략을 빨리 꺼내 들었다.

이신의 진영은 11시, AI의 진영은 7시.

먼저 치고 나온 AI가 이신의 앞마당 앞까지 당도하여서 기동 포탑을 배치하고 봉쇄에 들어갔다.

그때, 이신은 항공수송선 1척으로 병력을 실어 날라서 양 진영의 중간 지점인 3시에 드롭했다.

3시 지역에 기동포탑을 배치하여서 AI의 후속 병력이 오는 길목을 끊어놓은 것이다.

이어서 스텔스 전투기를 빨리 뽑아 앞마당을 압박을 하고 있던 AI의 기동포탑들을 일소시켰다.

그때 이미 유리한 국면에 선 이신은 더 많은 기동포탑의 숫자로 AI를 몰아넣었다.

맵의 구석으로 계속 AI를 몰아넣고 압박했다.

스텔스 전투기로 제공권을 장악하며 육로는 물론 하늘까지 틀어막으며 위험의 여지를 원천 봉쇄.

AI는 이신의 거센 압박을 뚫기 위하여 사력을 다해 공격했다.

치열한 공방이었다.

전술위성의 디펜시브 실드를 이용하여 끊임없이 역습을 시도하는 AI의 공세는 무서웠다.

끊임없이 활로를 뚫으며 6시, 5시로 어떻게든 확장하는 AI.

그 외의 이북 일대를 장악한 이신이었지만, 오히려 수비한다는 자세로 AI를 가둬놓은 거대한 울타리를 견고하게 지켰다.

지상전, 공중전 할 것 없이 모든 수단이 다 발휘된 대전쟁 끝에 결국 AI는 모든 자원을 소진하여서 항복을 선언했다.

이신의 승리였다.

'5판 3선이었다면 위험했다.'

늘 강한 상대를 만나면 또 붙고 싶었는데, 다신 붙고 싶지 않은 상대는 이번이 처음인 것 같았다.

하지만 이제 끝이었다.

이신은 자신의 손을 들여다보았다.

이제 떨림이 멎었다.

'끝났구나.'

경기가 끝난다는 게 비로소 실감이 왔다.

'이젠 뭘 해야 하지?'

그런 공허감을 느꼈다.

이제 선수로서 모든 것을 다 이룬 것 같았다.

그나마 하나 남은 건 그랑프리 단체전인데, 그것도 올해 중순에 무난히 금메달을 가져올 수 있다.

사실 그건 이제 관심도 없고 말이다.

이윽고 이신은 무대로 불려 나갔다.

"와아아아아아아아!!"

"카이저! 카이저! 카이저!"

수만 관중의 열렬한 환호를 받았다. 이신은 손을 들어 그들에게 화답했다. 환호는 더욱 커져서 고막이 울릴 정도가 되었다.

"대단한 승리를 거두셨습니다! 소감 한 말씀 부탁드립니다."

"더 긴 싸움이었더라면 제 체력이 못 받쳐줬을 것 같습니다. 아주 힘든 싸움이었고, 3판 2선이라 다행이었습니다."

"자신의 과거와 대결해 본 느낌은 어땠습니까?"

"제가 싫어할 만한 플레이만 골라서 하는 게, 상당히 짜증 나는 상대였습니다."

이신의 말에 곳곳에서 웃음이 터져 나왔다.

"하하, 본인 욕을 하는 거나 다름없는데요?"

"저라면 상대의 욕을 칭찬으로 받아들였겠죠. 피차 성격이 꼬인 건 마찬가지일 것으로 보입니다. 코렛 사장도 정상은 아니었고."

더더욱 커지는 웃음소리.

카메라에 웃고 있는 데이비드 코렛 사장이 잡히자 더더욱 웃음바다가 되었다.

"살면서 이렇게 치열한 싸움을 본 적이 없는데요, 어떻게 저 강력한 상대를 이길 수 있었습니까?"

"싸움을 크고 길게 보는 관점에서 제가 상대보다 앞섰습니다."

이신은 잠시 생각하다가 계속 말했다.

"그리고 그동안의 업데이트와 이번 리마스터를 통해 좀 더 편리하게 간소화된 인터페이스가 피지컬의 부담을 덜어주었습니다. 그렇지 않았으면 AI의 스피드를 따라잡지 못했을 겁니다."

그랬다.

좀 더 손이 덜 가도록 편리해진 조작 방식이 이신에게 큰 도움이 되었다.

그리고 유닛들도 더 똑똑해져서 일일이 명령을 내리지 않아도 되게 되었다. 예를 들면, 아군이 지나갈 때 길을 비켜준다든지 하는 반응이 그러했다.

"더 개선된 그래픽으로 봐서 그런지 두 선수의 대결이 더욱 멋졌습니다. 와우, 평생 잊히지 않을 것 같았는데요. 그럼 이제 명실상부하게 일인자로서의 면모를 보여주셨는데, 선수로서의 남은 목표는 무엇입니까?"

"……."

유창하게 대답하던 이신의 말문이 그 질문에서 막혔다.

이신은 짤막하게 말했다.

"잘 모르겠습니다."

"하하, 잘 모른다고요? 워낙 많은 걸 이루셔서 그런가요."

"예. 인공지능이 제게 자극을 준 마지막 상대였는데, 이것도 결국 제가 이겼네요. 이젠 뭘 해도 별 감흥이 없을 것 같습니다. 이제 뭘 해야 할까요?"

"하하, 그걸 제게 물어보셔도 해드릴 수 있는 대답이 궁색한데요. 더 강한 인공지능이라도 만들어 드려야 하나요?"

대충 그렇게 인터뷰가 끝났다.

기자회견이나 촬영이나 여러 가지 일정이 더 있었다.

그것들을 전부 소화하고서야 이신은 자유의 몸이 되었다.

"수고 많으셨어요!"

주디가 이신을 반갑게 맞이했다.

제자들이 이미 차를 대기시켜 놓고 기다리고 있었다.

"이제 어떡하실래요? 여기까지 온 김에 관광이라도 하실래요?"

주디의 질문에 이신 대신 존이 대답했다.

"누나, 나 라스베이거스 가보고 싶어!"

"더 크면 가, 꼬맹아."

"뭐야!"

"난 블랙잭 하면 늘 본전으로 끝나더라."

"도박 좋아하지 마, 차이!"

차 안은 금세 왁자지껄해졌다.

하지만 그 속에서도 이신은 말없이 조용히 창밖 풍경만 바라보고 있었다.

"선생님?"

주디가 다시 부르자, 그제야 이신은 퍼뜩 정신을 차리고는 말했다.

"돌아가자. 밴쿠버에서 좀 더 쉬었다가 한국으로 돌아가야겠어."

"피곤하신가 봐요."

"어."

"알겠어요."

밴쿠버로 돌아가는 전용기 안에서도 소년들은 여전히 활기찼다.

이신의 경기를 보고 불이 붙은 장양이 게임을 하겠다고 PC 앞에 앉았고, 존이 상대를 해주었다.

그 모습을 이신은 그냥 가만히 바라볼 뿐이었다.

"…좋을 때다."

"네?"

늙은이 같은 발언에 옆에 함께 있던 주디가 화들짝 놀랐다.

"저렇게 뭘 해도 재미있었던 때가 있었는데. 이제 공부하던 때로 돌아온 것 같아."

아무 생각 없이 그저 공부하고 점수와 등수를 올렸던 그때로 말이다.

힘들지는 않았지만 딱히 재미있지도 않았다.

그때 친구 덕에 게임을 만나 신세계를 보았다. 이제 얼굴도 잘 기억 안 나는 그 친구에게 감사할 뿐이었다.

어쩐지 쓸쓸한 이신.

이를 주디가 걱정스러운 시선으로 바라보았다.

　　　　*　　　　　*　　　　　*

―경기는 잘 봤습니다. 지금껏 본 최고의 명경기였습니다.

"감사합니다."

왕춘 감독의 찬사에 이신은 가볍게 화답했다.

—AI의 실력이 우리의 예상 이상이더군요. 이제 와서 새삼 당신의 예전 플레이를 다시 연구하는 움직임도 생겨나고 있습니다.

왕춘 감독의 목소리는 기뻐 보였다.

e스포츠 역사상 최고의 실력이었다고 회자되는 2018년도의 이신.

그걸 반영한 AI를 상대로 이신은 기어코 승리했다.

지금의 자신이 그 시절의 스스로보다 더 강하다는 것을 증명한 순간!

손목 부상을 당하기 전보다 퇴보한 게 아니라는 것을 입증했으니, 그 의미는 컸다.

SC스타즈로서는 명실상부한 역사상 최고의 실력자를 품고 있는 셈이니, 그를 영입한 왕춘 감독의 배팅이 더욱 빛났다.

—그렇게 준비시킨 지우펑이 졌을 땐, 당신도 2—1 정도로 질 거라고 생각했습니다만 저희의 오산이었군요. 정말 준비를 많이 하셨던 듯합니다.

"디펜스를 강화하는 데 주력했습니다. 아슬아슬했죠."

—예, 모처럼의 휴가를 전부 훈련으로 보낸 게 눈에 그려졌습니다. 그래서 드리는 말씀인데, 복귀를 나흘 더 늦춰드리겠습니

다. 푹 쉬다 오시죠.

"그럼 리그에 차질이 생기지 않습니까?"

─첫 경기 정도는 당신이 빠져도 문제없습니다. 그리고 휴가를 훈련으로 보냈으니 감각이 떨어졌을 걱정도 할 필요가 없을 테고요.

"걱정 안 해주서도 휴가는 충분히 즐겼습니다."

이신은 자신이 받는 연봉에 대한 책임이 있으므로 특혜를 거부하려 했다.

하지만 왕춘 감독이 말했다.

─많이 지쳐 계시지 않습니까?

"제가요?"

─정신적으로 말입니다.

"……"

경기가 끝나고 있었던 인터뷰에서 화제가 되었던 것은, 다음 목표가 뭐냐고 물었을 때 모르겠다고 한 이신의 대답이었다.

뭘 해도 감흥이 없을 것 같다는 이신의 말에는 너무 오랫동안 최고의 자리를 지켰던 최강자의 비애가 담겨 있었다.

그런 권태감을 SC스타즈에서 우려스럽게 받아들인 것이었다.

어찌 되었든 거액을 투자하여 데려온 특급 에이스였고, 아직 팀을 위해 더 열심히 활약해 주어야 하는 이신이었으니까.

"익숙한 일이라 너무 심각하게 받아들이실 필요 없습니다.

말씀대로 기분 전환도 하면서 쉬다 복귀하겠습니다."

　─그러십시오. 그동안 못 해봤던 것을 이참에 해보시는 것도 좋겠군요. 모르잖습니까. 게임 말고 또 좋아하는 걸 찾아낼지. 아직 해본 것보다 못 해본 게 더 많으실 테니까요.

"그러죠."

　휴가가 늘어난 이신은 주디 일행과 함께 더 어울려 놀았다.

　게임은 매일 1시간씩 손을 풀어주는 정도로만 했고, 그 외에는 왕춘 감독의 권유대로 이것저것 해보았다.

　스키도 타고 등산도 하고 영화도 보았다.

　이곳저곳 관광도 다녔다.

　하지만 이신이 그동안 그런 여가 생활을 하지 않은 데에는 다 이유가 있는 법이었다.

　'재미없다.'

　실시간으로 펼쳐지는 불꽃 튀는 승부.

　순간의 판단에 희비가 교차되는 숨 막히는 경쟁의 세계.

　그런 극단적인 자극을 즐겼던 이신으로서는 다른 모든 것에 무덤덤했다.

　그나마 즐거워하는 주디를 보며 위안할 뿐, 이신은 슬슬 무료해지기 시작했다.

　결국 그의 선택은 마계였다.

'이게 있어서 다행이군.'

아직 서열전이 남아 있었다.

현재 악마군주 그레모리의 서열은 11위.

이제 최종 목적지인 1위까지 얼마 남지 않았다.

아직 목표가 남아 있다는 것은 얼마나 좋은 일인가?

이신은 당분간은 마계에 집중하기로 했다.

반지에 마력을 불어넣고 그레모리에게 말을 걸었다.

—어머, 카이저. 무슨 일이죠?

언제나 그렇듯 반가워하는 기색이 담긴 그녀의 목소리는 듣기 좋았다.

'슬슬 마계의 일에 집중해 볼까 해서 연락드렸습니다.'

—마침 잘됐네요.

'예? 혹시 도전이라도?'

—호호, 아뇨. 악마군주 할파스는 우리에게 도전할 엄두를 못 내고 있어요.

악마군주 할파스는 서열 12위, 그 계약자는 다름 아닌 발터 모델이었다.

일전에도 비스마르크를 앞세워서 서열전 단체전을 벌였다가 이신과 질 드 레에게 패배했다.

그 뒤에 이신은 알렉산드로스의 지원 요청을 받아서 활약, 서열이 단숨에 11위로 껑충 뛰어올랐다.

이제 발터 모델이 도전해야 하는 입장이었는데, 아직까지 아무 소식이 없는 걸 보니 이신을 상대하길 꺼려 하는 것이 확실했다.

'발터 모델이 누군가에게 겁먹을 사람은 아니었는데 의외로군요.'

—요즘 들어 카이저의 단체전 실력이 인정받았거든요. 축제 때도 활약했고, 요번에도 알렉산드로스를 도우면서 다시 실력을 입증했죠. 그래서 요즘 10위권 이내에서는 서로 단체전을 하지 말자는 암묵적인 합의가 있다는 소문이에요.

'그건 또 무슨?'

의아해하는 이신에게 그레모리가 웃으며 알려주었다.

—단체전이 벌어지면 둘 중 하나는 반드시 카이저를 부르기 때문이죠. 가뜩이나 10위권 진입을 노리는 강력한 경쟁자인데, 그런 카이저에게 좋을 일을 시켜줄 수는 없다는 뜻이죠.

그제야 이신은 상황을 알 수 있었다.

그의 서열전 단체전에서의 실력은 최상위권의 계약자들도 인정하고 있다는 뜻이었다.

그동안 보여준 것이 있으니 당연했다.

이신은 앞으로도 배팅이 2배인 단체전을 이용하여서 빠르게 서열을 올릴 것이고, 이는 최상위 계약자들이 매우 경계하는 상황이었다.

어찌 보면, 마계에서도 시대의 변화가 이신에게 웃어주고 있다고 볼 수 있었다.

'그런데 마침 잘됐다고 하신 건?'

—아하, 그건 말이죠.

어쩐지 웃고 있는 그레모리의 표정이 눈에 보일 듯했다.

—지금 여기저기서 카이저에게 지원 요청이 들어오고 있거든요.

그랬다.

이신이 한편이면 서열전 단체전에서 매우 유리한 고지를 점령할 수 있다.

최상위권에서도 경계할 정도인데, 아래쪽에서는 말할 것도 없었다.

그래서 지원 요청이 아래쪽 서열에서 물밀 듯이 쏟아지고 있다는 것이었다.

—일복이 터졌죠. 이것들을 전부 받아들여주면 마력을 쓸어 담을 수 있겠어요. 어때요? 흥미가 생기나요?

이신은 피식 웃었다.

'좋습니다.'

마침 기분 전환이 필요했는데 잘됐다.

어디든 부르는 대로 달려가서 마음껏 싸우고 싶었다.

이윽고,

파앗!

시커먼 블랙홀이 나타나 이신을 집어삼켰다.

*　　　　　*　　　　　*

이신이 마계로 돌아왔다는 소문을 들었는지, 다음 날 바로 계약자 3인이 방문했다.

다들 낯이 익었다.

가장 눈에 띠는 건,

"여어! 잘 있었어?"

볼 때마다 활기찬 조아생 뮈라였다.

"또 보는군. 무슨 일이지?"

"무슨 일이겠어? 이제 슬슬 위 서열로 도전을 하려 하는데 네가 도와주면 일이 훨씬 잘 풀릴 것 같아서 말이야. 인연도 있는데 당연히 날 도와줘야지?"

그때였다.

"결론을 너무 빨리 내리는 것 같은데 그만두시지?"

여성의 목소리였다.

바로 하트셉수트.

이집트를 전성기로 이끌었던 위대한 여성 파라오였다.

축제 때 원숭환과 한편에 서서 이신과 싸웠던 인연이 있었다.

"레이디께서 도움이 필요하신 모양인데, 이 조아생 뭐라는 어떻소?"

조아생 뭐라가 능글거리는 태도로 하트셉수트에게 말했다.

하트셉수트는 물론 눈 하나 깜짝 하지 않았다.

"너야말로 의사의 도움이 필요해 보이는군. 이신을 앞에 두고 너 따위에게 도움을 청할 이유는 뭐냐?"

"어허, 섭섭하게 말씀하시기는. 그래서 더 매력적으로 보이긴 하오만."

"어른이 말하는데 끼는 게 아니다, 꼬마야."

그렇게 조아생 뭐라를 깨끗이 무시하고는, 다시 이신을 바라보며 하트셉수트가 말했다.

"난 지금 도전을 받는 입장이고 상대측에서 먼저 단체전을 요청했습니다. 그대가 도와주면 깨끗이 낙승할 수 있을 거라고 생각합니다만. 최대 배팅을 할 생각이니 도와준다면 그대도 얻는 게 많을 거예요."

"어이, 그렇게 따지면 나도……."

조아생 뭐라가 뭐라고 반박하려는 찰나, 하트셉수트가 말을 끊었다.

"넌 분명 도전하는 입장이랬지? 네 편에 이신이 있으면 상대가 잘도 최대 배팅을 하겠구나?"

"끄응!"

"지금 급한 건 네가 아니니까 얌전히 순서를 기다리려무나, 꼬마야."

또 꼬마 취급을 당한 조아생 뮈라는 울컥했다.

"또 꼬마라고 했어?!"

그러나 돌연 느끼한 표정으로 돌변하며 이어서 말했다.

"날 그렇게 대한 건 어머니 이후로 당신이 처음이오, 레이디. 더 반하겠군. 우리 어머니는 당신이 이집트 다스리듯 여관을 잘 꾸리셨소."

"…정말 징그러운 놈이구나."

눈살을 찌푸리는 하트셉수트를 보며 그제야 다소 만족스러워하는 조아생 뮈라였다.

실랑이를 벌이는 두 사람.

그리고 나머지 한 계약자는 바로…….

"내가 예견하지 않았소. 당신은 아주 크게 될 인물이라고."

러시아를 망친 사이비 요승, 그리고리 라스푸틴이었다.

그를 보자 이신은 떨떠름해졌다.

마계에 있는 72명의 계약자 중 요사스럽고 미스터리하기로는 으뜸인 라스푸틴이었다.

"당신도?"

이신이 묻자 라스푸틴이 답했다.

"동탁이 도전할 거라는 흉조가 내려졌소."

악마로서의 그의 고유 능력은 바로 흉조.

즉, 상대의 모든 공격을 미리 알아차리는 능력이었다.

그게 이런 식으로도 작용되는 모양이었다.

그레모리의 궁전 뒤뜰에 마련된 이신의 작은 영지는 세 계약자의 방문으로 어수선해진 상황.

이신은 3인을 면밀히 둘러보다가 결정을 내렸다.

"순서대로 가지요."

이신은 하트셉수트, 라스푸틴, 조아생 뮈라의 순서로 결정을 내렸다.

단, 라스푸틴에게는 단서(但書)를 달았다.

"내가 지원한다고 했을 때 그래도 동탁이 도전을 한다면 그때 돕죠."

"아마도 그냥 물러나겠구려."

라스푸틴은 순순히 수긍했다.

라스푸틴은 현재 서열 59위 구간에 있었다.

지금 껑충 11위로 올라가 있는 이신이 지원군으로 나타났는데 그때도 동탁이 도전을 강행할 확률은 희박했다.

겉보기나 불같은 성질과 달리 상당히 여우같은 구석이 있는 동탁이니 말이다.

조아생 뮈라는 현재 도전자의 입장이니 이신이 언제 합류하더라도 상관없었기에 가장 뒤로 미뤄졌다.

"결정됐군요."

하트셉수트가 말했다.

"우리는 지금 악마군주 엘리고르의 도전을 받은 상태입니다."

"엘리고르?"

악마군주 엘리고르라면 몇 번 들어보았다.

바로 질 드 레를 계약자로 임명했다가 쫓아낸 악마군주였다.

당연한 이야기지만 그 뒤로도 새로운 계약자를 계속 찾아내 시험해 보았지만, 계속 추락을 거듭하다 40위까지 내려앉았다고 들었다.

현재 하트셉수트의 악마군주 말파스의 서열이 39위이니, 도전자가 바로 엘리고르인 모양이었다.

"지옥에서 또 한 명 계약자를 건져다가 썼는데, 이번에는 제법 실력이 있는지 몇 차례의 도전을 이기고 40위 유지에 성공했다고 들었어요."

"그 계약자가 누구입니까?"

"이반 바실리예비치라고 하더군요."

"이반 4세?"

이신은 곧바로 기억 속의 인명사전에서 지식을 꺼냈다.

"그렇게 불리더군요."

한국에서는 뇌제 이반이라 부르는 러시아의 미치광이 통치자였다.

하지만 잔학한 혹정을 일삼은 광기와는 달리 업적도 상당했는데, 중국으로 따지면 진시황에 비유할 수 있었다.

오늘날 러시아의 광대한 영토는 이반 4세 없이는 있을 수 없는 것이었으니 말이다.

'어쨌거나 후딱 끝내야겠군.'

어찌 되었든 하위 서열이므로 그리 큰 의미를 두지는 않았다.

일감이 계속 밀려들고 있으니 후딱후딱 해치워서 마력을 긁어모을 생각이었다.

'이대로 일감만 받아도 7, 8위까지 금방이겠군.'

뛰어난 단체전 실력이 명성을 떨치는 바람에 마계의 용병 같은 포지션이 된 이신이었다.

제3장

청부사

이신은 하트셉수트를 도와서 서열전 단체전에 참가했다.

상대는 이반 4세.

악마군주 엘리고르가 새로이 지옥에서 데려온 계약자였다.

이반 4세는 중국의 시황제에 비견할 수 있는 폭군이었는데, 말도 못하게 잔학한 폭정으로 수많은 사람을 죽였다.

하지만 그렇다고 시황제의 업적이 폄하되지는 않듯, 이반 4세 역시 입지전적인 업적을 세운 남자였다.

이반 4세는 어린 시절에 고아가 되고 꼭두각시 왕이 되었는데, 귀족들에게 온갖 학대를 받으며 고통을 겪었다.

그 학대가 광기의 원천이 되었는데, 그것과 상관없이 타고난 왕의 기질을 갖춘 남자이기도 했다.

체계적인 교육을 받지 못했음에도 스스로 독서를 하며 지식을 쌓았고, 끝내는 자신을 학대하는 귀족들로부터 권력을 되찾았다.

정신이 오락가락하여서 폭정과 선정을 반복했는데, 주변 지역을 차례로 정복하여서 러시아를 동유럽 강국으로 만들었는가 하면 말도 못할 학살과 숙청을 하기도 했다.

시황제와 마찬가지로 그 광기의 증상은 수은 중독.

권력에서 배제되었던 어린 시절에 한량 짓을 하고 다니다가 걸린 매독을 치료하느라 수은을 쓴 것이다.

첫 아내인 아나스타샤 로마노프를 진심으로 사랑했는데, 아내가 살아 있는 동안 그는 영웅이라 불릴 만한 무수한 업적을 세워 러시아를 강대국으로 만들었다.

하지만 아내가 죽자 억눌렸던 광기가 폭주하기 시작했다. 그는 아내가 독살당했다고 믿고 무수한 귀족들을 숙청했다.

하지만 훗날 소련 시대에 발굴된 아나스타샤의 묘에서는 기준치가 훨씬 넘는 수은이 검출되었다.

방에 아궁이를 놓고 수은을 끓이고 마신 짓을 반복한 이반 자신이 바로 아내를 죽인 장본인인지도 모르는 일이었다.

'미친놈이지.'

이신은 그냥 간략하게 요약해 버리고는 서열전에 임했다.

실제로 본 이반 4세는 수은 중독 현상이 없어졌던 탓인지 이성을 상실하는 광기는 보이지 않았지만, 살아생전에 형성된 지랄 같은 성격은 그대로인 것 같았다.

그는 현재 서열 32위에 있던 계약자 범려를 꼬드겨서 한편이 되어 하트셉수트에게 도전했다.

종족은 휴먼.

고유 능력도 재미있었다.

사도에게 빙의하여서 채찍질로 아군을 독려하는 것이었다.

그 폭력적인 독려를 받으면 병력들은 채찍질에 상처를 입어 체력이 깎이면서도 더 열심히 싸워 공격력이 증가했다.

노예에게 채찍질을 하면 마력석을 더 빨리 채집하는 효과가 발생하는데, 대신 상처 때문에 그 뒤에는 속도가 더 느려지는 부작용도 있었다.

이반 4세는 자신의 고유 능력을 이용하여 일순간에 역량을 집중해 승부를 보는 전략을 펼쳤다.

하지만 이신은 그걸 알고 하트셉수트의 능력으로 대응했다.

하트셉수트의 고유 능력은 건물을 짓는 속도를 일시적으로 앞당기는 것.

이반 4세가 고유 능력을 쓸 때, 타이밍 맞춰서 하트셉수트도 고유 능력으로 방어 시설을 빨리 지었다.

그리고 이신의 치유 능력으로 함께 버티기!

이반 4세가 승부를 보려 했던 타이밍만 넘기자, 그때부터는 주도권이 이신 측에게로 넘어왔다.

이신은 발 빠르게 역공을 가하여서 적을 구석으로 몰아내고 전장을 장악했다.

그리고는 시종일관 더 많은 마력석을 캐며 우위를 지켜 항복을 받아냈다.

"빌어먹을. 역시 명성값을 하는군."

이반 4세는 연신 투덜거렸다.

무려 10만 마력짜리 판이었다.

악마군주 엘리고르로서는 최근의 기세를 믿고 도전했다가 호되게 당한 셈이었다.

"공격하는 타이밍을 너무 능력에 의존했나. 다음부터는 패턴을 조금 바꿔봐야겠군."

이반 4세는 나름대로 반성도 했으나, 이미 10만 마력짜리 판에서 졌기 때문에 순위가 한 계단 내려가 재도전할 수는 없었다.

"수고 많았어요. 연습을 그리 많이 하지 않았는데 호흡이 잘 맞네요."

하트셉수트가 인사를 했다.

이신도 만족스러웠다.

"덕분에 손쉽게 마력 얻어갑니다."

"호호, 이대로 위 서열로 한 번 더 도전하는 건 어떤가요?"

"그러고 싶지만 순서를 기다리는 사람이 많아서. 나중을 기약하죠."

"그래요."

이신은 또 바쁘게 움직였다.

다음은 라스푸틴.

하지만 악마군주 오리아스와 동탁은 이신이 지원으로 오자 깨끗이 도전을 포기해 버렸다.

"큰 판에서 놀 것이지 이런 덴 뭐하러 나타나?"

동탁은 물러나면서 이신에게 핀잔을 주는 것도 잊지 않았다.

"함께 싸울 수 있는 기회를 고대했는데 아쉽게 됐소."

라스푸틴이 말했다.

이신은 어깨를 으쓱했다.

"어차피 이럴 거라 예상했습니다."

"물론이오. 하지만 덕분에 시간을 벌었소. 동탁이 다시 도전해 오기 전에 단체전 파트너를 구해서 연습을 해야겠소."

사실 라스푸틴은 동탁이 도전해 올 것을 예상했지만 적당한 서열전 단체전 파트너를 구하지 못했다.

그래서 이신을 이용해 시간을 번 셈이었다.

"그렇다고 도움을 받았는데 빈손으로 돌려보내는 것도 예의가 아니지. 이것을 받아주시오."

라스푸틴은 시커먼 마력을 일으키더니, 그것을 찰흙처럼 뭉쳐서 까마귀 한 마리를 만들어냈다.

까마귀는 푸드덕 날더니 이신의 어깨 위에 사뿐히 내려앉았다.

떨떠름한 표정이 된 이신에게, 라스푸틴이 말했다.

"누군가가 도전해 오거든 미리 알려줄 것이오. 준비할 시간을 벌 수 있으니 좋지 않겠소?"

"……."

"도전이 없으면 울지 않고 조용할 거요."

"…계속 여기 앉아 있는 겁니까?"

이신은 자신의 어깨 위에 둥지라도 튼 듯이 앉아 있는 까마귀를 가리키며 물었다.

"귀엽지 않소?"

이신은 혹 하나 달린 기분을 느끼며 소득 없이 라스푸틴과 헤어졌다.

기능은 괜찮긴 한데 현실로 이 까마귀를 데려고 갈 수도 없을뿐더러, 심지어 보기 예쁘지도 않았다.

찜찜한 기분으로 까마귀를 어깨에 달고 찾아간 곳은 조아생 뮈라의 거처였다.

"꼴이 그게 뭐냐?"

조아생 뮈라는 어깨에 까마귀를 달고 있는 이신의 꼴을 보며 물었다.

이신은 어깨를 으쓱했다.

"선물받았다."

조아생 뮈라는 자지러져라 웃음을 터뜨렸다.

조아생 뮈라와도 호흡이 좋았다.

사실 이신이 중심에 서서 오더를 내리니 누구와도 호흡이 잘 맞을 수밖에 없었다.

조아생 뮈라는 좋은 검이었다.

이신이 시키는 대로 곧잘 움직이면서 뛰어난 싸움 실력을 바탕으로 활약했다.

오크 노예, 오크 전사, 오크 창기병 등등 어떤 병과의 사도에게 빙의하든 잘 싸우는 조아생 뮈라는 확실히 알렉산드로스가 축제 때 한편으로 지명할 만했다.

덕분에 이신은 조아생 뮈라와 손잡고 서열전 연승 행진을 시작했다.

조아생 뮈라는 아직 58위 정도에 있었기 때문에 상대도 그리 강하지 않았다.

이신의 전략과 컨트롤.

그리고 조아생 뮈라의 용맹을 활용한 다양한 견제 플레이.

이신이 집중적으로 붙어서 활약한 덕에, 악마군주 벨리알과 조아생 뮈라의 서열이 쭉쭉 올랐다.

몇 번 호흡을 맞추고 나니, 더 이상 연습도 필요 없었다.

이신은 스케줄을 조정하며 더더욱 바짝 마력 벌이를 했다.

여기저기서 지원 요청을 하니 일거리가 넘쳐흘렀다.

일단 조아생 뮈라를 시켜서 위 서열에 도전하게 한 뒤, 상대에게 주어지는 사흘간의 여유 시간을 이용하여 다른 서열전에 참가하고 돌아오는 식이었다.

그 결과…….

[마력 총량 2,674,710으로 악마군주 그레모리님께서 서열 8위가 되셨습니다.]

8위!

실로 놀라운 성과였다.

여기저기 다니며 열심히 마력 벌이를 한 결과, 무려 40만이 넘는 마력을 그레모리에게 벌어다주어서 11위에서 8위까지 야금야금 서열을 올린 것이었다.

흐름을 탄 결과였다.

여태까지 이신의 단체전 승률은 9할이 넘었다.

축제를 통해 명성을 떨쳤고, 알렉산드로스를 도와 승리를 만들며 실력을 입증.

그렇게 신뢰가 생기자 여기저기서 요청이 왔고, 이신은 또 그들을 도와서 계속 승리했다.

가는 곳마다 대부분 승리를 하니 더더욱 요청이 쏟아졌다.

그렇게 쭉쭉 마력을 벌어다가 그레모리에게 가져다주니, 눈 깜짝할 사이에 무려 8위였다.

게다가 많이 치러볼수록 경험이 쌓여서, 이신의 서열전 단체전에 대한 이해도는 더더욱 높아진 상황.

"세상에, 그대는 지금 무슨 짓을 하고 돌아다니나?"

오랜만에 놀러온 나폴레옹이 혀를 내두르며 물었다.

"서열을 좀 높이고 있었습니다. 보통의 수단으로는 1위까지 너무 오래 걸려서요."

이신은 덤덤히 대꾸했다.

"정말인지, 우리가 얼마나 놀라고 있는지 모를 거다."

의아해하는 이신에게 나폴레옹이 설명했다.

알렉산드로스와 테무친의 충돌 이후로, 최상위권 서열에서는 그동안 서열전 단체전을 하지 않기로 암묵적으로 합의가 된 분위기였다.

왜냐면 어마어마한 배팅으로 수차례 치러지는 큰 대결에서, 결국 가장 큰 이득을 얻은 사람은 이신이었기 때문이다.

그처럼 누가 이기든 아무런 리스크 없이 승리의 대가를 반씩 나눠 갖는 지원자를 달가워할 리가 없었다.

특하나 이신은 그들을 위협하는 경쟁자였고, 실제로 이제 8위였다.

거기다가 체면도 있었다.

하위 서열에서 누가 도와달라고 요청해도 응해주지 않았다.

그러다가 지기라도 하면 괜히 망신이었기 때문.

명예 실추보다 더 중요한 건, 단체전에 약하다는 약점이 공개될 수도 있는 것.

그래서 최상위권의 계약자들은 자신들끼리 일대일만 할 뿐, 단체전이라는 새로운 서열전 시스템은 좀처럼 이용하지 않았다.

그런데…….

"자네는 체면이고 뭐고 부르는 대로 다 쫓아다니며 마력을 긁어모았단 말이지."

나폴레옹은 웃으며 말을 이었다.

"처음엔 차라리 도전을 하는 게 빠르지 저게 뭐하는 짓인가 싶었는데, 어느새 8위에 있는 걸 보고 다들 태도가 달라졌네."

이렇게도 서열을 올릴 수 있다는 것을 몸소 보여준 이신이었다.

사실 그냥 위 서열로 쭉쭉 도전을 하는 게 더 빠르지 않을까 하고 생각할 수도 있었다.

하지만 그렇지 않았다.

최상위 서열에 있는 계약자들은 보통 인물들이 아니었다.

웬만한 준비 없이 가벼운 마음으로 도전할 수 있는 상대가 아닌 것.

그만큼 준비 기간도 길어지기 때문에, 이신은 그 대신 지원자로서 여기저기 다니며 리스크 없이 빠르게 마력을 모으는 길을 택한 것이다.

실제로 조아생 뮈라와 함께할 땐, 피도전자에게 주어지는 사흘의 여유 시간을 이용하여서 다른 서열전까지 다녀오고는 했던 이신이었다.

그게 다 중하위권의 만만한 서열이었기 때문에 할 수 있는 미친 짓이었다.

그리고 또 한 가지 이점.

"덕분에 많은 종족을 상대로 경험을 쌓았습니다."

다양한 종족과 전장, 그리고 계약자마다 가진 수많은 고유 능력들.

그것들을 경험하면서 이신은 실력을 더더욱 키웠다.

"정말 무섭군. 한동안 용병 노릇을 계속 할 생각이냐?"

그 물음에 이신은 고개를 저었다.

"이제 배팅이 작은 쪽은 거절할 생각입니다."

마력 벌이도 슬슬 약발이 떨어져갔다.

이신이 나타났다 하면 상대측은 도망가거나 낮은 배팅을

했다.

그만큼 마력 벌이가 줄어드니 이제 슬슬 그만둘 때가 되었다.

"곧 그리로 갈 겁니다."

이신은 나폴레옹을 똑바로 응시하며 말했고, 나폴레옹은 웃으며 환영의 제스처를 취했다.

"언제든지."

＊　　　　＊　　　　＊

계약자들 사이에서 묘한 현상이 발생했다.

시작은 이신이었다.

여기저기 지원 요청이 오는 대로 다 받아주며 미친 듯이 활약한 이신.

짧은 기간 내에 엄청난 회수의 서열전을 치렀고, 통산 9할 이상의 승률을 기록했다.

그 덕에 그레모리의 서열은 어느덧 8위!

그것은 이신 한 사람으로 인해 72악마군주의 서열이 크게 뒤바뀐 사태였다.

중요한 것은 바로 경험치.

서열전 단체전에 있어서는 이신의 경험치를 누구도 따르지 못했다. 다양한 종족을 상대로 수많은 계약자의 전략과 고유 능력을 겪어보면서 학습한 이신은 점점 강해졌다.

'이대로는 안 되겠다.'

'단체전에 적극적으로 뛰어들어야 한다.'

서열 10위 이내에 포진한 최상위 계약자들도 비로소 경각심을 느꼈다.

이신보다 서열전을 치러본 경험이 많은 그들이지만, 단체전이라는 새로운 시스템은 얘기가 달랐다.

이신이 그걸 무기로 계속 치고 올라오니, 이에 따른 대비책이 필요했다.

이대로라면 계속 경험치를 쌓는 이신과의 격차가 벌어질 수 있기 때문이다.

그때부터 최상위 계약자들도 적극적으로 서열전 단체전에 임하기 시작했다.

인연이 닿는 계약자들에게 연락하여서 단체전 지원자가 필요할 시 언제든 이야기하라고 언질을 해두었다.

나폴레옹이며 알렉산드로스며 할 것 없이 모두들 그 같은 행동을 개시하였다.

자타 공인의 강자들인 서열 10위 이내의 계약자들!

그들이 모두 용병이 되어서 다양한 서열의 다툼에 출현하기 시작했다.

그리고 그것은 일종의 세력 다툼처럼 변모하였다.

상대가 최상위 계약자를 지원자로 부르면, 이쪽도 똑같이 최상위 계약자를 불러서 맞서야 했다.

그 같은 일이 계속 벌어지자, 최상위 계약자들 간의 자존심 싸움처럼 되었다.

72악마군주의 계약자들이 저마다 최상위 계약자들 중 한두 명을 골라서 친목을 도모하게 되었다.

그것은 일종의 세력 형성이었다.

누가 더 많은 계약자로부터 지원 요청을 받느냐에 따라 얻을 수 있는 마력량도 달라진다.

즉, 단체전 실력에 의해 세력이 결정된다.

부동의 서열 1위인 나폴레옹은 수많은 지원을 받으며 인기를 과시했고, 알렉산드로스나 테무친도 그 뒤를 따랐다.

그리고 이신도 그런 세력이 형성되어 있는 것은 마찬가지였다.

원래부터 친했던 조아생 뮈라나 오자서는 물론이고 블라드 드라쿨레아, 전단, 그리고 얼마 전에 도와주었던 하트셉수트까지도 이신의 세력이라 할 수 있었다.

이들 모두 서열전 단체전을 치를 일이 생기면 이신에게 가장 먼저 요청을 하는 계약자들이었다.

"세상사가 다 똑같은 법이긴 하지만, 춘추전국시대를 이런 식으로 다시 볼 줄은 몰랐군."

오자서가 오랜만에 이신을 찾아와 한 말이었다.

"최상위 계약자들 사이에서 자존심 싸움이 대단하다고 하던데."

조아생 뭐라가 맞장구쳤다.

오늘은 연습을 하기 위해 조아생 뭐라도 함께였다.

"주목할 만한 대결이 있었습니까?"

소식에 어두운 이신은 그들에게 마계가 흘러가는 이야기를 들어야 했다.

오자서가 말했다.

"얼마 전에 하위 서열의 싸움에 나폴레옹과 알렉산드로스가 끼어들었지."

"하하, 그거 나도 들었어. 애들 싸움에 어른들이 나타난 격이었지."

다소 독선적인 성향을 가진 알렉산드로스는 나폴레옹보다 서열전 단체전에서 불리할 거라는 평가가 있었다.

하지만 이야기에 따르면, 딱 1판 치러진 그 단체전의 승자는 바로 알렉산드로스였다.

초반부터 속공으로 판세를 뒤흔든 알렉산드로스가 끝까지 주도권을 놓치지 않고 맹공을 펼쳐서 끝내 승자가 되었다는 소식이었다.

일전에 이신과 함께 서열전 단체전을 치렀던 경험이 도움이 된 것인지, 한층 성숙해진 팀워크를 보였다고 했다.

"따지고 보면 보나파르트가 축제에서 우승한 뒤로 서열전을 오랫동안 치러보지 못한 까닭도 있지. 아직 악마군주 바알의 마력량이 아가레스의 9할에 못 미치고 있잖아?"

72악마군주의 축제에서 악마군주 아가레스는 최종 승자가 되어 엄청난 마력을 얻는 바람에 서열 1위의 자리를 더욱 굳혔다.

2위인 바알로서는 1위와의 격차가 더 벌어지는 바람에 도전 자격인 피도전자의 9할에 해당하는 마력량을 아직 보유하지 못한 실정이었다.

"격차가 많이 좁혀지고 있지만, 도전 요건이 된다 해도 당분간은 도전을 하지 않을 거라고 생각되네."

오자서가 말했다.

이신도 고개를 끄덕였다.

전장을 고를 권한이 나폴레옹에게 있었다.

실력이 비슷한데도 알렉산드로스가 계속 패한 주된 원인은 바로 그것.

나폴레옹이 유리한 전장에서 싸워서 이기기가 쉽지 않은 까닭이었다.

다른 전장을 골라준다면 모를까, 승부에서 상대에게 배려를 해줄 정도로 어수룩한 나폴레옹이 아니었다.

"알렉산드로스는 단체전을 싫어했는데 의외로군요."

이신이 그렇게 말했다.

기억하기로 알렉산드로스는 자신이 아군을 위해 희생하는 역할을 맡아야 하는 단체전을 좋아하지 않았다.

그런데도 적극적으로 단체전에 참여하고 있다는 것은······.

"단체전으로 1위 자리를 탈환할 생각이겠지."

오자서의 말에 모두 고개를 끄덕였다.

서열전을 하다 보면 누구나 자신의 성향에 딱 맞는 전장이 있고, 반대로 껄끄러운 전장도 있는 법이었다.

바로 나폴레옹과 알렉산드로스가 그런 식으로 딱 맞물린 경우였다.

나폴레옹이 가장 자신 있어 하는 전장이, 하필이면 알렉산드로스가 가장 꺼리는 전장이었다.

그러니 비슷한 실력에도 불구하고 호전적인 알렉산드로스가 좀처럼 1위 자리를 탈환하지 못하는 것이었다.

약아빠졌다고 할지도 모르지만, 나폴레옹도 저 알렉산드로스에게서 1위를 빼앗았을 때는 적잖게 고생했었으니 정정당당함을 따질 수는 없는 문제였다.

'재미있군.'

다툼 끝에 유리한 고지를 달성한 나폴레옹.

축제에서 최종 승자가 되면서 1위 자리를 더욱 확고하게 굳힌 것이 나폴레옹의 계약자로서의 전성기라고 할 수 있었다.

그런데 이제는 알렉산드로스가 시대의 변화를 계기로 새로운 기회를 모색하고 있다.

앞서 언급했던, 알렉산드로스가 나폴레옹을 단체전에서 꺾은 일이 그 시작인지도 몰랐다.

마치 역사와도 같았다.

영원한 강자도 없이 시대의 흐름에 따라 흥망성쇠를 겪는.

그 점이 이신은 매우 흥미로웠다.

"그나저나 연습은 이만하면 충분한 듯하고, 이제 슬슬 용건을 꺼내볼까?"

오자서가 화제를 돌렸다.

"서열전입니까?"

"그러하네. 상대는 그 피로스지."

오자서 또한 나폴레옹, 이신과 함께 축제의 최종 승자였다.

그때 얻은 막대한 마력을 통해 서열을 대폭 올렸고, 지닌 역량도 출중한 인물이라 갑자기 높아진 서열에서도 곧잘 적응을 했다.

그렇게 서열을 서서히 올리다가 어느덧 20위에서 피로스를 만난 것이다.

오자서는 이미 피로스를 상대로 한차례 승부를 치렀다.

결과는 1승 1패, 승패를 한 번씩 주고받았다고 한다.

그런데 3번째 대결에서 피로스는 단체전을 제안했다.

상대가 단체전을 제안하면 거부할 수 없는 것이 서열전의 규칙.

피로스가 제시했으니 오자서는 사흘 안에 단체전을 함께 치를 지원자를 찾아야 했다.

오자서는 축제 때 한편이었던 나폴레옹과도 인연이 있었지만, 이신을 택했다.

"나폴레옹도 한편일 때는 든든한 사람이네만, 아무래도 자네가 적임자라고 생각했네. 듣자 하니 피로스의 천적은 바로 자네더군."

"그랬죠."

이신은 피로스와 서열전을 치렀을 때를 떠올렸다.

피로스는 전투에서 누구보다도 자신이 있던 계약자였다.

이신은 그런 피로스를 전투로 꺾었다.

특유의 정교한 컨트롤로 피로스가 가장 자신 있어 하던 전투에서 압도적으로 승리했다. 그 탓에 피로스는 그야말로 아무것도 해보지 못했다.

"아마 피로스는 당신이 저를 부를 줄 알고 있을 테죠."

"그럴 걸세. 그래서 내심 의아했지. 아마도 자네에게 지난 수모를 복수하겠다는 의도도 포함되어 있겠지."

"피로스는 알렉산드로스와 가장 친하다고 들었습니다."

"가장 친한 건 알렉산드로스네만 최상위 계약자와 두루 친하다네. 듣기로 살아생전에 명성이 꽤나 대단했는지 최상위의 계약자들과 두루 친하더군."

서양 전쟁사에서는 세 손가락 안에 꼽는 피로스이니 그럴 법도 했다.

분명한 건 최상위 계약자들 중 한 사람을 데려올 테고, 목적은 오자서와 함께 이신까지 꺾는 것이라는 사실이었다.

이신은 쾌히 고개를 끄덕였다.

"좋습니다. 복수를 원하니 기회를 줘야지요."

"누굴 데려와도 자신 있다는 뜻이군. 든든하네."

"일단 피로스의 지원자가 누군지 빨리 알아내야 합니다."

"맡겨두게."

그렇게 대화가 끝날 즈음이었다.

"잠깐!"

조아생 뭐라가 냉큼 끼어들었다.

"자네는 또 무슨 일인가?"

"나도 서열전을 해야 한단 말이야. 이신에게 도와달라고 하려했는데 멋대로 선수 치면 안 되지?"

"서열을 생각하게. 자네는 굳이 이신이 아니어도 되잖나."

"호오, 애들 싸움은 애들끼리 하라 이거야? 한때는 비슷한 서열에서 아웅다웅하던 사이였던 걸 기억했으면 좋겠는데?"

그 말에 오자서는 혀를 찼다.

"그쪽에서는 배팅도 얼마 못 할 텐데, 이번은 내게 양보하게."

그때, 이신이 문득 물었다.

"상대가 누구지?"

"로베스피에르."

"아……."

이신은 과거에 붙은 적 있었던 로베스피에르를 떠올렸다.

프랑스 혁명을 주도한 주요 인물이었고, 지나친 원칙주의로 공포정치를 했다가 몰락한 인물.

지금은 지옥에서 최대한 많은 인간을 구원하기 위하여 서열전을 한다는 특이한 사상을 가진 이상주의자였다.

'별거 아니었지.'

조아생 뮈라가 어렵지 않게 이길 수 있는 상대였다. 일대일이었다면 굳이 조아생 뮈라가 도와달라고 하지도 않았을 터.

아마도 로베스피에르가 단체전을 제안한 모양이었다.

"흥, 그 양반이 나한테 쫄았는지 일대일로는 하기 싫다고 하던데? 나야 너 말고는 딱히 부를 사람도 없어."

그러나 이신은 오자서를 돕기로 했기 때문에 조아생 뮈라까지 도와줄 수 없었다.

흥미가 가는 쪽도 단연 피로스였다.

피로스가 자신에게 보복하기 위해 모종의 준비를 한 모양인데, 그쪽을 두고 다른 데로 빠질 수는 없었다.

그러다가 문득 이신은 좋은 생각이 떠올랐다.

"여기 이 사람은 어때?"

이신은 옆에 있는 질 드 레를 가리켰다.

조아생 뮈라는 깜짝 놀랐다.

"네 사도를?"

"지금은 사도가 아닙니다."

질 드 레가 점잖게 정정해 주었다.

조아생 뮈라의 표정이 묘하게 변했다.

"네가 직접 나서는 것도 아니고 권속을 보내겠다고?"

"질 드 레에게는 상당히 쉬운 일이지."

이신이 당연하다는 듯이 말했다.

실제로도 그랬다.

질 드 레는 이신에게 훈련받은 최측근이었다.

앞으로 이신이 1위를 향해 나아갈 때 질 드 레도 함께할 터였다.

테무친 같은 쟁쟁한 강자가 군림하는 최상위에서도, 이신이 지원자로 지명할 수 있을 정도로 실력이 완성된 질 드 레였다.

"저 친구 정도면 차고 넘치지."

오자서도 동의했다.

"음, 그런가? 좋아, 그럼 한번 믿어보지."

조아생 뭐라는 질 드 레를 지원자로 데려가기로 했다.

이신은 질 드 레에게 당부했다.

"네 실력을 똑똑히 보여줘."

"알겠습니다."

이번에 질 드 레의 실력이 입증되면, 중하위권에서 질 드 레를 지원자로 요청하는 일이 생길 것이다.

이신으로서는 질 드 레와 함께 이중으로 마력 벌이를 할 수 있는 기회인 셈이었다.

제**4**장

복수

　서열 11위 악마군주 나베리우스의 계약자는 중국 역사에서 수위에 꼽는 명장 한신.

　72악마군주의 축제에서 이신에게 당한 바 있는 한신은 그 뒤로 꾸준히 경계심을 가졌다.

　축제 이후로 부쩍 상승세에 오른 이신이 언제고 자신에게 이를 거라고 확신하고, 부단히 실력을 갈고 닦았다.

　그런데 상황은 전혀 예상치 못하게 흘러갔다.

　단체전이라는 새로운 규칙이 생기더니, 이신은 이를 이용하여서 서열을 쭉쭉 높였다.

그러고는 한신을 순식간에 지나쳐 버리고 8위에 등극.

덕분에 10위에서 11위로 한 계단 내려앉은 한신으로서는 어이가 없었다.

'싸워보지도 못 했는데 그냥 지나가 버렸다?'

지금까지 최상위라 일컬어지는 10위 이내에서는 순위 변동이 잦았지만, 다른 악마군주가 새로이 10위 안으로 진입한 경우는 거의 없었다.

그만큼 10위부터는 계약자들의 실력 차이가 확고한 까닭이었다.

그런데 이신이 삽시간에 난입하여서 8위에 안착해 버리니, 이는 지각 변동을 일으킬 대사건이었다.

그것을 보며 한신은 깨달았다.

'시대가 변했다.'

지금 이신과 서열전을 붙어서 이길 수 있다고 자신할 수 있는 계약자는 아무도 없었다.

일대일에서 아무리 자신 있어도 이신이 단체전을 선택하면 얘기가 달라지기 때문이다.

'어쩐지 72악마군주의 축제라는 게 벌어졌을 때부터 예감이 심상치 않더라니.'

그런 축제가 벌어진 것은 한신이 계약자가 된 후로 처음 있는 일이었다.

오랫동안 고착되어온 지금의 서열 구도를 확 바꿔 버릴 변화였다.

변화를 틈타서 가장 먼저 벼락같이 부상한 사람은 이신.

다른 계약자들도 저마다 단체전을 준비하기 시작했다. 특히 하위권으로 내려갈수록 단체전 훈련을 하는 움직임이 두드러졌다.

그들도 살아생전에 다들 한 가닥씩 한 이들이라, 시대의 변화에서 기회를 발견한 것이었다.

'나도 게으름 피울 수는 없지.'

뒤처져서는 안 된다는 생각에 한신도 단체전 전략 전술을 연구하기 시작했다.

축제 때 경험하긴 했지만, 단체전은 아직 생소한 분야.

하지만 한신은 실력을 키우는 좋은 방법을 알고 있었다.

'가장 강한 상대를 적으로 가정하고 연구한다.'

한신은 그때부터 집중적으로 이신을 단체전에서 꺾을 궁리만 했다.

이신의 종족은 휴먼.

그리고 단체전에서 지원자로 내세우는 권속 질 드 레는 마물.

'같은 편에 마물이 있어야 한다고 생각하고 있지. 옳은 판단이다. 초반에 주도권을 잡고 어떤 상황이 발생하든 발 빠르게

대응해 줄 수 있는 마물이 필요할 테지.'

초반에 약하다는 휴먼의 단점이 있으니 더더욱 그걸 보완해 줄 종족으로 정반대의 속성을 가진 마물을 택한 이신이었다.

발 빠른 전투에서는 한신도 자신이 있었다.

역시나 기동력이 좋은 엘프의 종족 특성을 활용하여서 특유의 다채로운 전술로 상대에게 피해를 입히는 한신.

한때 서열 3위까지 올라갔던 스타일이니 검증은 충분히 된 상태.

하지만 상대가 이신이라면 얘기가 약간 달라진다.

'용병술이 너무 강해.'

축제 때 경험한 이신은 병력을 하나하나 일일이 지정해 조종할 줄을 아는 귀신같은 용병술을 자랑했었다.

지금도 그것을 바탕으로 맹활약을 떨치고 있다고 명성이 자자하고 말이다.

유리한 전술적 상황을 만들어도, 그것을 넘어서는 용병술로 전세를 바꿔버리는 희대의 기술.

'어떻게 그 정도로 정신력을 집중시킬 수 있는지는 모르겠지만, 이걸 극복하지 않으면 이길 수가 없지.'

단체전은 네 종족이 싸우므로 그만큼 전투도 더 많아진다.

그렇게 싸울 때마다 이신의 용병술에 의해 손실을 본다면 이길 수가 없었다.

그렇다면……

한신은 문득 자신과 비슷한 사례를 떠올렸다.

이신과의 일대일 대결을 준비했을 때 많이 참고했던 사례.

바로 피로스였다.

큰 틀에서의 전략적 판단이 아쉽지만, 전술 능력에 관해서는 최상위권 계약자들도 인정하는 피로스.

하지만 역시나 이신에게 완패를 당하는 수모를 겪었다.

한신으로서는 예상했던 바지만, 역시 이신의 용병술은 보통의 방법으로 극복이 불가능했다.

'가만?'

한신은 돌연 아이디어가 떠올랐다.

그렇다면 2엘프라면 어떨까?

다양한 전술적 패턴을 낼 수 있는 속성을 지닌 엘프가 둘이라면?

계속해서 변수를 창출하여서, 서로 정반대의 타입인 휴먼과 마물이 조화를 이루지 못하도록 만들면 이길 수 있지 않을까?

거기까지 생각이 미친 한신은 이신과의 대결을 설계하기 시작했다.

피로스를 이용하여서 이신과의 대결을 간접적으로 치를 생각이었다.

'오자서가 곧 20위권에 들어서지?'

곧 악마군주 안드로말리우스의 계약자 오자서가 피로스를 위협할 터였다.

오자서는 이신과 친분이 있으며, 역시나 축제 이후로 꾸준히 상승세에 있는 계약자.

휴먼과 마물의 조합이니, 앞으로 이신을 상대로 단체전에서 꺾을 수 있을지 확인해 볼 수 있는 좋은 실험 무대가 될 터였다.

"하위권에 머무르고 있다가 운 좋게 올라온 상대에게 단체전을 제의하라고? 내가 왜?"

한신의 제안에 피로스는 거부감을 드러냈다.

오자서가 자신의 적수가 못된다고 단언하는 피로스.

일대일로도 충분히 꺾을 수 있는데 뭐 하러 단체전을 제의해야 하냐는 태도였다.

"거기다가 단체전을 제의하면 그쪽은 당연히 이신을 부를 텐데, 호오? 그게 네 목적이었군?"

피로스는 한신의 의도를 알아차리고는 히죽 웃었다.

"나를 통해서 간접적으로 대결해 볼 생각인가? 얼마나 잘하나 한번 맛을 보고 싶은데, 날 이용하겠다는 생각이군?"

"단지 그것뿐이었으면 너 말고도 이용할 수 있는 계약자는 많았다."

한신이 계속 말했다.

"네가 있으면 이길 수 있다고 생각했기 때문에 이런 제의를 하는 것이지."

"글쎄, 싸워본 내 입장에서는 그놈과 맞닥뜨리는 일은 피하고 싶은데?"

피로스는 시큰둥하게 대꾸했다. 자존심이 매우 강한 그의 성격을 감안해 보면, 이신의 무서움을 인정하는 게 놀라웠다.

그 정도로 강력한 상대였다는 뜻이었다.

"하지만 오운이 먼저 단체전을 제의한다면 넌 결국 이신과 맞닥뜨리게 될 거다."

"그리고 그때는 너 말고도 부를 수 있는 계약자가 몇 명 더 있지."

알렉산드로스를 염두에 둔 말인 듯했다.

"내가 가장 좋은 선택일 수도 있지."

한신은 피로스에게 가까이 다가가 똑바로 노려보며 말을 이었다.

"지원자로 누군가를 골라야 하거든, 내가 이신을 꺾기 위해 널 찾아왔던 걸 떠올려라."

두 사람의 눈빛이 서로를 강하게 주시한다.

이윽고 피로스는 씨익 웃었다.

"마음에 드는군. 사실 나도 언제고 그놈에게 복수를 해주고 싶긴 했지. 어떻게 놈을 꺾을 셈인지 구경이나 해볼까?"

그리하여서 한신과 피로스는 함께 이신을 타도하기 위하여 준비를 했다.

그리고 마침내 피로스는 오운, 즉 오자서와 맞붙게 되었다.

일단 가볍게 오자서를 꺾어줄 생각이었던 피로스였는데, 의외로 초반에 날카로운 기습 작전에 휘말려 허무하게 1패를 내주게 되었다.

'이놈이?'

피로스의 두 눈이 불꽃으로 불타올랐다.

하지만 오자서의 실력이 범상치 않다는 것 또한 알아차렸다.

줄곧 자신의 시야를 용의주도하게 피해 다니며 다수의 헬하운드들을 전진시킨 오자서의 솜씨는 보통이 아니었다.

2차전에서는 피로스가 설욕을 했다.

1차전의 상황을 똑같이 되돌려 주었다.

갑자기 다수의 엘프 슈터가 저돌적으로 달려드는 바람에 오자서는 본진 방어에 실패하고 1패를 내줬다. 과감할 땐 한없이 무모해질 수 있는 피로스의 성정이 빛을 발한 순간이었다.

1승 1패의 상황이 되자 비로소 피로스는 단체전을 제안했다.

일대일 대결을 계속해서 실력을 겨루고 싶기도 했지만, 그보다는 이신에게 복수하고픈 마음이 더 강했다.

'당하고는 못 산다. 감히 내게 그런 굴욕을 줘?'

자신이 가장 자신 있어 했던 방식으로 완승을 거둔 이신을 떠올리면 아직도 분노가 들끓었다.

한번 덤벼보라며 대놓고 밖으로 튀어 나오는 궁병들을 떠올리자면, 지금도 화딱지가 났다.

엘프 슈터로 석궁병으로 업그레이드도 안 된 궁병을 못 이기다니, 이게 무슨 망신이란 말인가?

이신을 꺾고 자신감을 되찾고 싶었다.

그리고…….

'여기서 승리한다면, 이게 나에게 전화위복이 될 수도 있겠지.'

피로스 역시 시대의 변화에 편승하여 최상위로 발돋움하고 싶다는 야심이 있었던 것이다.

*   *   *

"복잡한 지형을 선호할 겁니다."

이신이 말했다.

오자서도 고개를 끄덕이며 동의했다.

"지형이 복잡할수록 엘프의 기동력이 빛을 발하지. 매복이나 기습의 묘미도 잘 살릴 수 있고."

"이 판을 한신이 의도한 일이라면, 같은 엘프인 피로스를 한 편으로 택한 데에는 이유가 있겠죠. 그게 한신이 이번에 들고 나올 주요 전략이 아닐까 싶습니다."

"엘프 둘이라……. 그는 역시 자신의 장점을 더 극대화하겠다는 생각인 듯싶군. 자신과 비슷한 움직임을 낼 수 있는 피로스를 추가시켰으니 말이야. 보통 고집이 아니군."

자신의 스타일대로 싸워서 이길 수 있다는 강한 확신이 없었더라면, 차라리 방어력과 중후반의 화력이 강력한 드워프를 택해도 되었다.

마침 비슷한 서열에 비스마르크도 있으니, 이와 동일한 설계를 할 수도 있었을 터.

하지만 일부러 피로스를 골랐다.

자신의 스타일이 가장 좋다고 고집한 셈이었다.

'하나같이 자존심이 세지.'

한신도, 피로스도, 눈앞에 있는 오자서도 어디 가서 자존심이 세기로 둘째가라면 서러워할 작자들이었다.

'왜들 그렇게 자존심에 목숨 거는지 이해가 안 되는군.'

정작 그들과 어깨를 견줄 정도로 자존심이 센 사람이 바로 자기 자신임은 전혀 생각 안 하는 이신이었다.

어찌 되었든 이신과 오자서는 주어진 사흘간 한신과 피로스에 대비한 훈련에 들어갔다.

"아마 우리 둘을 분단시키려 들 겁니다."

이신은 정확하게 한신이 의중을 짚었다.

상대의 속내를 파악하는 데는 도가 튼 이신이었다.

"일리 있어. 우리는 서로의 약점을 보완해 주는 관계이니, 그 관계를 끊어서 제 역할을 못하게 만들겠다는 것이겠지."

"길목을 차단하여서 우리의 동선을 제한하려 들 텐데, 그렇다면 우리가 해야 할 일도 분명해집니다."

오자서는 짐작은 했지만 대답하지 않고 이신의 말을 기다렸다.

"길목을 확보하는 것."

"서로 통행할 수 있는 길목을 안전하게 확보하고서 연계가 끊어지지 않도록 유지한다는 것이겠지?"

역시나 마음이 잘 맞는 오자서였다.

"그렇습니다."

"초반 상황에 대처를 잘해야겠군. 아마 자네에게서 투석기가 나오면 그때부터는 우리가 서서히 유리해질 테지만, 그렇게 놔둘 리가 없으니까."

"그럼 어디 연습을 해보죠."

두 사람은 엘프 슈터의 대대적인 공격과 엘프 어쌔신의 기습, 엘프 스나이퍼의 장거리 저격 등 엘프가 낼 수 있는 다양한 변수에 대처하는 토의를 했다.

두 사람이 머리를 맞댈수록 각 전장 곳곳마다 전술적인 의미가 깃들기 시작했다.

　이신은 오자서와 호흡을 맞춰 한신의 2엘프 변수에 대한 대비책을 세웠다.

　그리고 사흘이 지난 후, 두 악마군주와 네 계약자는 한자리에 모였다.

　"오랜만이군."

　한신이 이신을 보며 웃었다.

　이신도 고개를 끄덕이며 화답했다.

　"예, 반갑습니다."

　"내가 많이 벼르고 있는 건 알 테지?"

　"이 대결이 성사된 걸 보고 알았습니다."

　"자네도 참 너무하더군. 내가 기다리고 있다는 걸 뻔히 알면서, 그냥 휙 지나가 버리지 않나."

　이신이 한신을 건너뛰고 8위로 올라가 버린 것을 말했다.

　물론 이신이 10위에 있었을 때 한신이 도전할 수도 있는 일이었지만, 그때는 한신이 이신을 단체전으로 꺾을 수 있다는 자신이 없었다.

　이신은 보나마나 배팅이 높은 단체전을 택할 것이고, 그럼 일대일을 준비했던 한신은 그냥 물러날 수밖에 없는 것이었다.

"기대가 크다. 좋은 싸움이 되길 기원하지."

"좋은 싸움은 이긴 싸움밖에 없습니다."

"물론. 나 자신에게 한 말이다."

한신의 대꾸에 이신은 나직이 미소를 지었다.

[악마군주 비네님과 악마군주 안드로말리우스님의 서열전입니다. 전쟁의 승패가 서열과 마력에 영향을 줍니다. 마력은 20만이 배팅됩니다.]

[마력 20만이 마력석이 되어 전장에 유포됩니다.]

[계약자 한신과 계약자 이신이 지원자로서 참전합니다.]

[종족을 선택해 주십시오.]

"휴먼."

"마물."

"엘프."

"엘프."

네 사람이 동시에 대답했다.

[서열전이 시작됩니다.]

[계약자 오운, 계약자 이신, 계약자 피로스, 계약자 한신님께서 참전합니다.]

서열전이 시작되었다.

전장은 제13 전장 그레이어스였다.

8인용이라 상당히 넓고, 절벽과 강으로 지형이 복잡한 것이 특징인 전장이었다.

전장을 선택할 권리가 있는 피로스 측이 이곳을 결전 무대로 고른 것이다.

당연히 한신의 선택이었을 터.

—역시 의도가 확실합니다.

이신이 말했다.

오자서도 동의했다.

—그래, 역시 우리를 갈라놓으려는 거야.

8인용 전장이므로 매우 넓어서 오자서와 이신이 서로 멀리 떨어질 가능성이 있었다.

거기다가 지형도 복잡하기 때문에, 적에게 방해받을 경우 서로 고립될 수가 있었다.

다행히 이신과 오자서는 멀리 떨어지지 않았다.

이신의 위치는 5시.

오자서는 7시.

6시를 사이에 두고 있는 비교적 가까운 위치였다.

정찰을 한 결과, 한신 측은 각각 9시와 12시에 위치해 있었다. 물론 누가 피로스이고 한신인지는 아직 식별이 불가능했다.

　─위치는 나쁘지 않은데.

　─상대도 위치가 좋군요.

　─그렇지.

　─일단 헬하운드로 먼저 나가서 견제하십시오. 중앙을 내주
면 안 됩니다.

　─알겠네.

　오자서는 이신의 오더대로 헬하운드를 소환하며 밖으로 나
섰다.

　아직 엘프들은 이제 엘프 슈터 1명이 나왔을 때라 본진에 안
전하게 틀어박혀 있어야 했다.

　하지만 그 1명의 엘프 슈터가 본진에 얌전히 있지 않고 밖으
로 드나들며 헬하운드들과 신경전을 벌이는 기세가 심상치 않
았다.

　9시 진영의 엘프 슈터였는데, 그걸 보고 이신이 고개를 끄덕
였다.

　─낯이 익은 엘프 슈터군요.

　─피로스의 사도일세.

　─계속 헬하운드 보강하세요. 엘프 슈터의 숫자가 쌓이면 슬
슬 나올 겁니다.

　─알고 있네.

오자서는 계속 헬하운드의 숫자를 꾸역꾸역 늘리며 전장을 지배했다.

넓은 지역에서 싸우면 삽시간에 에워싸서 덮칠 수 있기 때문에 엘프들은 쉽사리 밖으로 나오지 못했다.

하지만 엘프 슈터들의 숫자도 차근차근히 늘어가고 있었다.

충분한 숫자가 쌓이면 빠른 발을 이용해 치고 나오기 시작할 터.

네 발로 달리는 헬하운드와 비교해도 뒤지지 않는 준족으로 종횡무진하며 활을 쏘는 무시무시한 전투 능력을 뽐내게 되는 것이다.

오자서는 홀로 두 엘프를 상대로 압박을 가했지만, 공격적인 피로스는 물론이고 한신도 슬그머니 치고 나오려는 기색을 띠었다.

─이제 나오겠군.

그렇게 말하는 오자서의 어조에 신중함이 어렸다.

─한신이 1시로 우회해서 치고 나올지도 모릅니다.

피로스가 정면에서 치고, 한신이 옆길로 우회해서 나와 퇴로를 가로막을지도 모른다는 이신의 경고였다.

그렇게 되면 오자서의 헬하운드가 일순에 녹아버릴지도 몰랐다.

─확인하겠네.

오자서는 헬하운드 1마리를 1시 방면 길목으로 보냈다.

아니나 다를까.

그 길로 은밀히 우회 중이었던 한신의 엘프 슈터 부대가 발각되었다.

의도가 들키자 한신이 속도를 올렸다.

피로스도 재빨리 치고 나왔다.

오자서는 서둘러 헬하운드들을 뒤로 물렸다. 퇴로가 차단되기 전에 물러나야 했다.

하지만 한신의 속도가 워낙 빨랐다.

저돌적으로 달리는 한신의 엘프 슈터들!

양측의 속도로 보아 퇴로 차단은 글렀지만, 적어도 옆구리를 끊어서 절반이 조금 안 되는 헬하운드들이 빠져나가지 못하게 할 수는 있을 듯했다.

하지만 바로 그때였다.

5시 방면에서 노예 한 명이 매우 빠른 속도로 나타났다.

엘프 슈터와 비교해도 뒤지지 않는 속도로 달리는 그 노예는 바로 콜럼버스.

한신의 엘프 슈터 부대는 가까이 다가오는 콜럼버스를 향해 화살을 쏘았다. 콜럼버스가 아주 중요한 역할을 하는 사도라는 것을 경험과 정보를 통해 알고 있었기 때문이다.

쉬쉬쉭—

"이크!"

깜짝 놀란 콜럼버스는 즉각 반응했다.

파앗!

[계약자 이신의 사도 상급 악마 콜럼버스가 능력 블링크를 사용합니다.]

[10미터 범위 내에서 순간이동을 합니다. 3초 이내에 다시 사용하면 원래의 위치로 돌아갑니다.]

10미터 앞선 위치에 나타난 콜럼버스.

그런 그에게 다시금 2차 사격이 날아들었다.

"쉴 틈을 안 주네!"

파앗!

3초 이내에 다시 블링크를 시전.

다시 원래 위치로 돌아오면서 또다시 화살세례를 피하는 데 성공한 콜럼버스였다.

평소에도 공격을 피하는 연습을 한 덕에 순간적인 반응이 빨라진 성과였다.

콜럼버스가 엘프 슈터들을 상대로 시간을 끌어준 덕에 헬하운드들은 무사히 빠져나갈 수 있었다.

콜럼버스라는 이신의 사도가 그만큼 탐스러운 미끼였던 탓에 한신도 잠시 이목이 쏠려 행동이 늦어진 것이었다.

물러난 헬하운드들은 콜럼버스와 합류하여서 진형을 재정비하였다.

한신과 피로스도 섣불리 달려들지 않았다.

이신의 사도 콜럼버스가 함께 있었기 때문이었다.

마비침도 쓸 수 있고, 무엇보다 이신의 고유 능력인 치유가 성가셨다.

그렇게 오자서가 그럭저럭 잘 시간을 벌어주었다.

가만히 있던 이신도 비로소 움직였다.

석궁병과 방패병으로 구성된 이신의 병력이 출현한 것이었다.

그런데 군세가 나타난 방면은 이신의 본진인 5시 쪽이 아니었다.

바로 3시!

이신도 한신과 같은 생각을 했다.

3시 길목으로 우회하여서 적의 옆구리를 들이칠 생각이었던 것!

오자서가 시간을 벌어다주는 동안 이신은 대장간을 아주 빨리 짓고 무기 개발까지 서두르는 등 테크트리를 올리는 데 집중할 수 있었다.

그 결과 석궁병과 방패가 업그레이드 된 방패병을 상당히 빠른 타이밍에 확보할 수 있었다.

여기까지 모두 이신이 구상한 설계였던 것.

—칩니다!

이신이 오더를 내렸다.

—알고 있네.

오자서가 응답했다.

헬하운드들이 일제히 달려들었다.

이신도 방패병을 앞세워서 달려들었다.

양방향에서 이루어진 협공!

[계약자 오운님께서 고유 능력을 사용합니다. 300마력이 소모됩니다.]

[오운님이 받은 피해의 30%에 달하는 대미지를 적군에게 가합니다.]

오운도 공격 타이밍을 앞두고 쓰지 않고 모아놓은 300마력으로 고유 능력을 펼쳤다. 승부처였다.

그러자,

'응?'

이신은 흠칫했다.

양방향에서 공격받자, 엘프 슈터들이 두 갈래로 갈라진 것이다.

피로스의 엘프 슈터들은 뒤로 물러나면서 이신의 군세를 상대했다.

그리고 한신은 오히려 헬하운드들이 달려오는 정면으로 마주 달렸다.

원거리 공격을 하는 엘프 슈터가 헬하운드를 상대로 오히려 거리를 좁히다니?

하지만 그 의도는 간단했다.

쉬쉬쉭—

"크억!"

삽시간에 화살꽂이가 되어서 즉사한 사람은 바로 콜럼버스!

그랬다.

한신은 헬하운드 무리의 틈바구니에 있던 콜럼버스를 노린 것이었다.

이신이 빙의하여서 치유 능력을 펼치는 데 써야 했던 콜럼버스는 순간적인 저격으로 죽어버렸다.

이신의 능력을 사전에 차단해 버린 순간적인 센스는 과연 한신이라고 할 수 있었다.

하지만 덕분에 헬하운드와의 거리가 좁혀진 건 어쩔 수 없었다.

다시 물러나는 한신의 엘프 슈터들이었지만, 헬하운드들이 거칠게 달려들었다.

오자서의 고유 능력에 300마력이 투자됐으니 반드시 성과를
내야 했다.

"크르렁!"

"크르릉!"

"컹컹!"

쉬쉬쉬쉭─!

콰지직!

"크윽!"

제13 전장 그레이어스의 중앙 지역이 삽시간에 피로 물들었
다.

헬하운드들에게 덜미가 물린 한신의 엘프 슈터들과, 엘프 슈
터들이 쏜 화살에 죽어가는 헬하운드들의 피가 강을 이루었
다.

[계약자 피로스님께서 고유 능력을 사용합니다. 250마력을
소모합니다.]

[승리의 군단은 총 50명까지 배속시킬 수 있으며, 전투의 성
과와 비례하여 공격력이 상승합니다. 아군 진영으로 되돌아갈
시 공격력 상승효과가 사라집니다.]

피로스도 특유의 고유 능력 '승리의 군단'을 펼치며 분전을
했다.

승리의 군단에 배속된 엘프 슈터들이 시계방향으로 돌며 측
면에서 이신과 교전을 펼쳤다.

이신은 석궁병들로 피로스를 상대하는 한편, 방패병들은 오
자서를 도와 한신의 병력을 섬멸하는 데 썼다.

방패병들이 벽처럼 도열하여서 한신의 퇴로를 가로막았다.

그리고 한신의 엘프 슈터들이 헬하운드의 공세에 밀려 물러
나가다 방패병들과 가까워졌을 때,

"기다렸다, 이놈들!"

방패병의 뒤에 교모하게 숨어 정체를 숨기고 있었던 장창병
한 명, 바로 이존효가 엘프 슈터들에게 기습적으로 뛰어들었
다.

[계약자 이신의 사도 상급 악마 이존효가 능력 광기를 사용
합니다.]

[주변 아군이 광기에 휩싸여 공격력이 크게 강화되었습니다.]

이신도 숨겨둔 한 수가 또 있었던 것이다.

지근거리에서 갑자기 나타난 이존효의 존재에 장창병이 없는
줄 알았던 엘프 슈터들은 당황했다.

콰지직!

"으악!"

콰콱!

"큭!"

이존효의 혼천절이 춤을 추었다.

그 탓에 진형이 붕괴된 한신의 엘프 슈터들은 헬하운드 떼에게 몰살당했다.

한신의 병력이 전멸하자, 피로스도 더는 싸우지 않고 물러났다.

전투는 이신 측의 승리였다.

—승리이되 대승은 아닌 건가.

오자서가 말했다.

그 평에 이신도 동의했다.

—피로스가 건재하군요.

피로스의 승리의 군단은 전투의 성과에 비례하여서 공격력이 상승한다.

석궁병과 교전을 펼치는 과정에서 공격력이 상승된 채 무사히 돌아간 피로스의 승리의 군단은 이신 측의 습격을 견제하고 있었다.

한신의 병력을 전멸시켰다는 전과가 있긴 하지만, 대신 이쪽도 오자서의 출혈이 컸다.

고유 능력에 300마력을 썼고, 헬하운드도 꽤 소모한 것.

하지만 득실에서 이신 측이 이긴 것은 확실했다.

한신은 지금쯤 부랴부랴 병력을 다시 마련하며 재정비하고 있을 터.

이제 이신과 오자서도 다음 단계로 진행할 차례였다.

*　　　　*　　　　*

─확실히 저쪽도 연마를 많이 한 모습이군.

전투가 끝나자 오자서가 평을 했다.

이기긴 했으되, 상대의 움직임도 보통이 아니었다.

대승을 거둘 수도 있는 구도였다.

한신이 샛길로 돌아서 측면에서 협공을 시도했지만 간파.

오히려 이신이 역으로 옆길로 우회해서 나타나 역으로 협공에 성공했다.

원거리 공격 병과인 엘프 슈터로 구성된 한신과 피로스로서는 상당히 안 좋은 구도였다.

잘만 하면 승부를 결판낼 수 있는 절호의 찬스.

하지만 한신이 과감하게 뛰어들어서 콜럼버스를 끊어준 것이 대패를 막았다.

콜럼버스가 없는 탓에 이신도 치유 능력을 발휘하지 못해 승부까지 끝낼 수 있는 기회를 놓친 것이다.

게다가 시계 방향으로 외곽을 돌며 이신의 병력을 깎아내린 피로스까지.

전투의 성과에 따라 힘이 점점 강해지는 피로스의 승리의 군단이 성장을 시작했다.

결과적으로는 이신과 오자서의 승리지만, 피로스의 승리의 군단이 건재한 까닭에 방심할 수 없는 구도가 성립된 것이다.

여세를 몰아 계속 공격해 들어갔다면 좁은 길목에서 치고 빠지며 저항하는 승리의 군단에게 아프게 물릴 우려가 있었다.

─한신의 병력이 무너졌으니 좋은 기회인 것 같은데.

오자서의 말에 이신이 반론을 했다.

─확신 없이 들어가면 괜히 승리의 군단만 성장하게 만들어 줄 뿐입니다.

이득을 볼 수 있다고 확신할 수 없는 전투는 싸울수록 성장하는 승리의 군단만 키워줄 뿐이었다.

오자서도 이에 납득했는지 동의했다.

'안전하게 가자는 뜻이군. 그도 그렇긴 하지.'

불리하다 싶은 상황일수록 강력한 저항을 펼쳐서 상대에게 상처를 입히는 게 피로스였다.

승리의 군단은 자기 본진에 되돌아갈 시 공격력 상승효과가 사라진다는 약점이 있다.

그런 특성 때문에 피로스가 방어에 취약하다고 판단하는 경우가 있는데, 오히려 반대였다.

불리할수록 피로스는 적극적으로 나가서 공격해 오는 적을 요격한다.

게릴라를 펼쳐 피해를 입히고, 그 성과로 승리의 군단의 공격력을 더욱 강화시키는 방식이었다.

오자서도 앞서 일대일로 겨뤄보면서 겪었던 바이기 때문에 신중하게 하자는 이신의 의견에 동의한 것이다.

'준비했던 대로 하죠.'

'알겠네.'

이신과 오자서는 적이 잠시 숨을 고르는 틈을 타서 체제 전환을 시작했다.

*　　　　*　　　　*

ㅡ계속 적극적으로 나서서 적의 동태를 확인해라. 치유 능력을 펼칠 수 없기 때문에 불필요한 교전을 하지 않으려 할 거야.

ㅡ그러지.

한신의 지시에 피로스는 순순히 따랐다.

승리의 군단에 배속된 엘프 슈터들이 다시 전장의 중앙 지역까지 치고 나와서 적과 신경전을 벌였다.

피로스는 공격적으로 치고 빠지기를 반복했는데, 이신은 방패병으로 엘프 슈터들이 쏘는 화살을 막아내기만 할 뿐 적극적으로 반격하지는 않았다.

오자서의 헬하운드 떼도 마찬가지.

옆으로 돌아서 포위하려는 위협만 취할 뿐, 정말로 공격할 생각은 하지 않았다.

'싸울 생각이 없나 본데?'

'병과 구성을 바꾸고 있겠지.'

'투석기이겠군.'

'마땅히 그럴 거다. 투석기와 엔트로 영토를 확장하면서 우릴 압박할 거다.'

지형이 복잡할수록 긴 사거리를 가진 투석기가 빛을 발했다.

강 건너나 언덕 너머에서도 바위를 쏘아 날려서 적을 타격할 수 있기 때문이다.

좁고 복잡한 길목에서 엔트가 앞에서 적의 접근을 막고, 뒤에서 투석기가 바위를 쏘면 이기기가 어려워지는 것.

하지만 속단할 수 없으므로 피로스는 계속 적과 부딪치면서 동태를 살폈다.

그러면서 한신이 준비한 카드는 바로 엘프 어쌔신.

엘프 어쌔신으로 적진에 침투시켜서 진형을 붕괴시킬 작정이었다.

혹은 후방에 잠입시켜서 피해를 입힐 생각도 있었다.

무엇보다도 한신이 노리는 것은 투석기였다.

정면 승부는 철저히 피하면서 산발적인 교전으로 혼란을 유도하겠다는 의도였다.

하지만 잠시 후, 한신의 구상은 물거품이 되었다.

"키에엑!"

"키엑!"

피로스의 9시 본진에 난입한 적은 바로 그리핀과 마룡이었다.

'뭐?!'

한신은 깜짝 놀랐다.

완전히 허를 찔렸다.

당연히 지상군에 집중할 거라고 생각했다.

원거리 공격과 지대공 공격이 기본적으로 좋은 엘프를 상대로 비행 병과를 뽑는 건 비효율적인 짓이었으니까.

그런데 이신과 오자서가 그런 일을 감행한 것이다.

덕분에 한신이 준비했던 엘프 어쌔신은 무용지물이 되었다.

거기다가 하필이면 공격받은 곳이 피로스의 본진이었다.

피로스의 승리의 군단은, 아군의 본진으로 되돌아갈 시 공격력 상승효과가 모두 사라지는 것이다.

―이봐, 어떻게 해야 하는 거야?

피로스가 당황해서 소리쳤다.

한신은 이를 악물었다.

―어쩔 수 없다. 병력을 되돌려서 막아!

―제기랄!

결국 승리의 군단이 본진으로 회군하여서 방어를 해야 했다.

그동안 누적되었던 공격력 상승효과가 다 사라진 것은 물론이었다.

하지만 이미 허를 찔린 일격으로 당한 피해는 이미 큰 상황이었다.

그리핀 편대와 마룡 편대는 연이어 한신의 본진도 공격했고, 계속 피로스와 한신의 진영을 번갈아가며 휘저었다.

승리의 군단도 힘이 떨어지면서, 지상에서도 이신과 오자서가 힘을 발휘하기 시작했다.

그리핀과 마룡은 더 소환하지 않고, 투석기와 엔트로 다시 체제 전환을 한 것이다.

상대의 의도대로 계속 휘둘린 한신과 피로스는 더 버티지 못하고 항복을 선언했다.

[악마군주 비네님의 계약자 피로스님께서 패배를 선언하셨습니다. 악마군주 안드로말리우스님의 승리입니다.]

[악마군주 안드로말리우스님께서 마력 5만을 획득하셨습

니다.]

[악마군주 그레모리님께 마력 5만이 분배됩니다.]

[마력 총량 1,664,000으로 악마군주 비네님께서 서열 21위가
되셨습니다.]

[마력 총량 1,712,000으로 악마군주 안드로말리우스님께서 서
열 20위가 되셨습니다.]

서열이 변동되어 버렸다.

마지노선이었던 20위마저 선방 못 하고 더 아래로 내려앉은
피로스는 자존심이 상한 나머지 얼굴에 분노를 숨기지 못했다.

이신에게 복수의 칼을 갈고 있었던 한신도 허탈하기는 마찬
가지였다.

'계획했던 전략을 펼쳐보지도 못하고 져버렸구나.'

본래 계획은 이신과 오자서가 함께 움직일 수 없도록 고립시
키는 것이었다.

휴먼과 마물 두 종족이 단점을 서로 보완하지 못하도록 만들
면, 단체전에서 보이는 이신의 실력이 제대로 발휘되지 못하리
라 생각했다.

하지만 그것들은 일단 주도권을 한신 측이 쥐고 있을 때의
이야기였다.

헬하운드는 위협적이나 휴먼의 궁병은 약하기 때문에 2엘프

인 자신들이 주도권을 가지고 행동할 수 있다고 생각한 한신이었다.

하지만 웬걸, 이신이 출진시킨 병력은 약한 궁병이 아니라 석궁병·방패병 부대였다.

주도권을 내주지 않기 위하여 대장간을 빨리 짓고 무기 개발을 신속하게 완료한 것이다.

결국 주도권만 주지 않으면 뭘 준비해 왔든 아무것도 못 할 거라는 게 이신의 판단이었던 모양이었다.

"상황이 바뀌었군. 이제 도전해야 하는 쪽은 그대들인 것 같은데, 계속해 볼 텐가?"

악마군주 안드로말리우스가 물었다.

서열 20위 자리를 빼앗긴 악마군주 비네는 침통한 표정이 되었다.

방금의 서열전이 워낙에 완패여서 계속해 볼 엄두가 나지 않았다.

사실 상대측의 지원자가 악마군주 그레모리의 계약자 이신이라는 것을 알았을 때, 이미 하고 싶은 마음이 별로 없었다.

다만 도전을 거부할 수는 없었기 때문에 하는 수 없이 겨룬 것인데, 한신에게 기대를 걸었건만 역시나 패배한 것이었다.

한신은 아직 더 해보고 싶었다.

아직 준비했던 것을 제대로 펼쳐보지도 못했다.

방금 전에는 완패였지만 왜 졌는지를 알았기 때문에 다음에는 더 잘 싸울 수 있었다.

하지만 악마군주 비네는 한신의 의향을 물을 생각이 없어 보였다.

"포기하지. 오늘은 날이 아닌 것 같으니."

악마군주 비네는 승부를 포기해 버렸다.

굳이 서열전 단체전의 일인자라 평가받는 이신을 상대로 싸울 이유는 없다고 생각한 것이다.

'허무하군.'

한신은 허탈감에서 벗어나지 못했다.

상당 시간 고민하고 준비했는데 제대로 실력 발휘도 못 해보고 1전만에 끝나 버렸다.

하지만 별수 없는 일이었다.

한신은 이신에게 다가가 말했다.

"더 싸워보고 싶은데 오늘은 기회가 없군."

"기회가 된다면 또 붙죠."

이신은 가볍게 대꾸해 주었다.

한신은 고개를 끄덕였다.

"그래, 다음에는 내가 직접 도전을 하도록 하지. 그럼 고작 한 판 만에 승부가 끝날 일은 없을 테니까. 기다려라."

이신이 있는 서열 8위까지 올라가 도전하겠다는 말뜻이었다.

이신이 말했다.

"기다려 줄 여유는 없습니다. 알아서 쫓아오십시오."

이신은 8위에 오래 머무를 생각이 전혀 없었다.

그렇게 한신과의 진짜 승부는 다음으로 기약하고, 이신은 승리로 그날의 서열전을 마무리했다.

한편…….

*   *   *

질 드 레는 고도로 집중된 정신으로 숨 가쁘게 지휘를 내렸다.

마력석 채집장을 추가로 건설하고, 병력을 소환하여서 적의 공세를 막았다.

꾸준히 소환한 병력을 투입해서 계속 적과 싸웠다.

여기저기서 펼쳐지는 공세에 정신이 없었지만, 질 드 레는 침착하게 계속 자신이 해야 할 일을 했다.

2 대 1.

질 드 레는 혼자서 두 명의 계약자와 싸워야 하는 처지였다.

같은 편이었던 조아생 뭐라가 어이없게도 오더를 무시하고 공격을 했다가 말아먹고 전멸을 당했기 때문이다.

역공을 당해 본진까지 다 털린 조아생 뭐라는 전장을 이탈했고, 홀로 남겨진 질 드 레는 항복하지 않고 계속 싸움을 이어나가 여기까지 왔다.

2 대 1의 상황이라 불리한 듯했지만, 질 드 레는 과감한 확장과 침착한 전투로 계속 이득을 챙기고 세를 불려서 어느새 전장의 절반을 장악했다.

적이 조아생 뮈라를 끝장내느라 역량을 집중하는 동안 성장을 했고, 이후로도 혼자 남은 질 드 레를 금방 끝낼 수 있다고 생각하고 공격을 퍼부었으나 계속 막히면서 기세가 꺾였다.

더 많은 마력을 바탕으로 더 많은 병력을 쏟아내니, 승기는 점점 질 드 레에게로 넘어왔다.

이신에게도 합리적이고 계산적인 사고방식을 배운 질 드 레로서는 상대와 같은 양의 마력을 캐고 같은 숫자의 병력을 소환할 수 있다면 2 대 1이라도 딱히 불리할 이유가 없다고 판단했다.

하지만 적은 머릿수가 하나 더 많다는 이유로 다 이긴 싸움이라 여겼고, 결국 방심과 무모함으로 일관하다가 무릎을 꿇고 말았다.

"오오! 제법이잖아? 아주 잘했어! 훌륭했다고!"

조아생 뮈라가 달려와 질 드 레에게 어깨동무를 하며 호들갑을 떨었다.

질 드 레는 조용히 어깨에 얹어진 그의 손을 치우며 말했다.

"그대의 신뢰성과 판단력은 아주 잘 보았다."

질 드 레의 말을 듣지 않고 멋대로 공격을 감행했다가 서열전을 패배로 장식할 뻔했던 조아생 뮈라는 머리를 긁적이며 웃었다.

"하하, 미안. 지난 일은 잊어버리자고. 이제 그런 일은 없을 테니까."

"그렇겠지. 너와 한편이 되어 싸울 일은 이제 없을 테니."

"어허, 이 친구. 섭섭한 소리 하기는. 이제 네 실력은 잘 알았으니 우리 함께 손잡고 마력을 쓸어 담자고."

질 드 레는 조아생 뮈라라는 인간이 정말 마음에 들지 않았지만, 어쩔 수 없이 그와 한동안 서열전을 함께해야 했다.

왜냐면 조아생 뮈라가 이신에게 달려가 질 드 레를 계속 빌려달라고 졸라댔던 것이다.

이신이 자신의 후임자로 염두에 두고 키운 질 드 레는 자신의 실력을 하위권에서 유감없이 발휘하기 시작했고, 악마군주 그레모리에게 적지만 꾸준히 마력을 벌어다주게 되었다.

제5장

복귀

　그레모리가 서열 8위에 머물러 있는 동안 9위로부터의 도전은 없었다.

　현재 서열 9위는 악마군주 바르바토스였는데, 그의 계약자가 바로 바야투르였다.

　묵돌선우라는 이름으로도 알려진 바야투르는 이미 테무친과 함께 알렉산드로스와 싸웠다가 이신에게 당한 바가 있었다.

　그때 이신에게 크게 당한 바야투르는 72악마군주의 축제 이후로 또다시 입증된 이신의 단체전 능력을 인정하지 않을 수 없었다.

'일대일이면 모르겠지만 단체전으로는 어렵다.'

일대일이라면 안 진다는 생각이 바야투르의 마지막 자존심이었지만, 어쨌든 이신과 싸우는 일은 기피하기로 결정했다.

한창 기세를 탄 적과 굳이 싸울 필요가 없다는 게 바야투르의 생각이었다.

아니, 사실 바야투르 외에 최상위 계약자들 대부분이 그렇게 생각하고 있었다.

하루 이틀 치러본 서열전이 아니었다.

서열 10위 안에 들어가는 계약자들은 다들 한 번씩 그런 상승세를 경험해 보았다.

지금은 11위로 떨어져 있는 한신도 한때는 3위까지 무섭게 치고 올라간 전적이 있었고, 바야투르도 마찬가지였다.

나폴레옹에게 밀려 2위에 머물러 있는 알렉산드로스도 한때는 아무도 대적 못 하는 부동의 1위였다.

'저렇게 기세를 타고 있을 땐 정말 상대가 누구라도 안 질 자신이 있지.'

바야투르도 그런 경험을 해보았기 때문에, 상승세를 탄 이신을 가만 내버려 두기로 하였다.

어차피 기세는 꺾이게 마련.

괜히 지금 건드려서 피해를 볼 필요는 없었다.

자기 마력을 걸고 싸우는 거라면 해보겠는데, 악마군주 바르바토스는 모든 악마가 다 그렇듯 마력을 굉장히 아까워하는 작자였다.

졌다가는 무슨 잔소리를 들을지 모르므로 그냥 잠잠히 있기로 한 것이다.

그리고 솔직히 말하자면 싸우기 꺼려지는 상대이기도 했다.

'난생 처음 보는 용병술이었어. 정교한 운영도 그렇고……'

숱하게 서열전을 치러본 바야투르였지만, 이신 같은 타입의 계약자는 보지 못했다.

어떻게 해야 이길 수 있을지 정확한 방도가 나오지 않았다.

'보아하니 한신도 실패한 듯하고.'

한신이 피로스와 손잡고서 이신과 승부를 걸었다가 패배한 소식은 들었다.

단체전에 대하여 잔뜩 골몰하던 눈치던데, 나중에 들어보니 허무하게 당했다고 한다.

'한신 녀석도 실패했다니, 나도 자중해야겠군.'

어차피 시간은 많았다.

끝을 모르고 올라가는 이신도 결국 어딘가에서 멈출 것이다.

수없이 연구당한 끝에 약점이 나타날 것이고, 기세가 꺾일 것이다.

불쑥 8위에 나타난 이신을 다른 최상위 계약자들이 가만 놔두는 이유도 이거였다.

다들 바야투르와 같은 생각을 하고는 느긋이 관망하는 것이었다.

여기저기서 마력을 벌어 와서 순위를 높이고 있는 이신을 그냥 지나가게 놔두겠다는 태도로 말이다.

아주 오랫동안 이 끝없는 경쟁을 펼쳐본 계약자들은 일시적인 순위 변동에 대해서 그다지 예민하지 않았다.

최고가 되지 않고는 못 배기는 알렉산드로스야 1위를 되찾고 싶어 안달이지만 말이다.

                    *   *   *

덕분에 이신은 아주 순조롭게 순위를 올리는 작업을 할 수 있었다.

지원 요청이 들어올 때마다 순순히 응해주어서 서열전 단체전 경험을 쌓고 마력을 벌었다.

물론 이신이 나타나면 상대측은 도전을 포기하거나 혹은 배팅을 최소로 해버리는 탓에 마력 벌이가 시원치 않았지만.

그 대신 질 드 레가 열심히 다니며 마력을 벌어왔다.

계약자가 아닌 일개 권속 악마에 불과한 질 드 레의 활약상은 마계에 또다시 파장을 불러오고 있었다.

자기 휘하의 권속 악마를 가르쳐서 서열전 단체전을 뛰게 한다는 개념은 신선하기 짝이 없었다.

가르쳐서 질 드 레처럼 뛰어난 실력을 갖추게 만들면 계약자와 권속 둘이 같이 서열전을 치르고 다니며 마력을 두 배로 벌 수 있으니 말이다.

하지만 아무나 흉내 낼 수 있는 일이 아니었다.

일단 가르친다고 질 드 레처럼 어마어마한 실력을 갖게 되는 건 아니었다.

그리고 자칫 가르쳐 놓은 권속의 실력이 자신을 추월해 버린다면?

그럼 악마군주가 자신을 쫓아내고 권속을 계약자로 임명할 수도 있는 노릇 아닌가.

그래서 계약자들은 이신이 위험한 일을 한다고 여겼다.

하지만 이신으로서는 아무 상관도 없었다.

누구한테도 절대 안 진다는 마인드!

오히려 가르쳐 줄 테니 제발 나 좀 뛰어넘어보라고 부채질하는 게 이신이었다.

제자의 청출어람을 보며 흐뭇해하는 스승의 마음씨 따윈 조금도 없었지만, 너무 오랫동안 적수를 못 보다 보니 생긴 희한한 사고방식이었다.

그리고 언젠가 계약자를 관두게 되면 질 드 레를 후임으로 내세울 생각이기도 했다.

어쨌거나 질 드 레의 실력이 입증되자, 하위 서열에서 질 드 레를 지원자로 요청하는 일이 점점 많아졌다.

질 드 레가 이신만큼 무섭지는 않았으므로, 상대측도 도망치거나 배팅을 낮추지는 않았다. 그 때문에 오히려 질 드 레가 벌어다주는 마력이 점점 많아졌다.

그리고 마침내······.

[마력 총량 1,899,000으로 악마군주 그레모리 님께서 서열 7위가 되셨습니다.]

72위 밑바닥에서 시작하여서 마침내 7위를 달성했다.

수많은 계약자들이 출현하고 이에 따라 악마군주들의 흥망성쇠도 끝없이 반복되었지만, 최하위에서 최상위권까지 올라온 예는 지금까지 없었다.

'그레모리가 정말 계약자 하나 제대로 물었군.'

'악마군주의 지위까지 위협받던 그레모리가 무려 7위라니.'

'계약자 잘 만나서 저런 어마어마한 대군주가 됐어!'

'나도 새로운 계약자나 물색해 봐야 하나.'

'영구 계약이 아니라던데 혹시 그레모리와 결별할 수도 있지 않을까?'

모든 부러움이 그레모리에게로 쏟아졌다.

그레모리는 연회를 열어 서열 7위로 발돋움한 경사를 기념했다.

이신과 사도들도 전부 참석하여서 흥겹게 놀고 마시고 놀았다.

연회에서 적당히 어울려 준 이신은 곰곰이 앞으로의 일을 생각했다.

'벌써 여기까지 왔군.'

서열전 단체전을 통해 서열을 높이겠다는 계획은 대성공이었다.

서열전 단체전의 일인자라는 이미지 덕에 가능한 일이었다. 그렇지 않았으면 이렇게 많은 지원 요청을 받을 수 없었으리라.

덕분에 7위가 되었지만, 반대로 일대일 서열전 실력은 아직 최상위권 계약자들에게 견줄 정도는 아닐 거라는 인식도 생겼다.

딱히 남의 시선을 의식하지는 않지만, 이신도 이제는 본격적으로 최상위 계약자들과 대결을 할 생각이었다.

이만큼 순위를 올렸으면, 이제부터는 여기저기서 마력을 벌어오는 것보다 직접 위 서열에 도전해서 이기는 편이 순위를 올리는 더 빠른 길이었기 때문이다.

목표는 1위!

지금은 나폴레옹이 차지하고 있는 그 최고의 자리까지 올라가고 싶었다.

서열전이라는 악마군주들의 게임에 뛰어든 이상 그 정도는 해야 직성이 풀리니까.

그 뒤는 생각해 본 적이 없었다.

최고가 되고 나면, 이제 그 자리를 뺏기 위해 오는 도전자들과 싸울 것이다.

아마도 최고의 자리를 지키기 위한 싸움의 반복일 것이다.

물론 그때는 이미 목표를 잃어버렸을 테지만 말이다.

현실에서처럼 말이다.

이신은 문득 피로해지는 것을 느꼈다.

그동안 짧은 사이에 수많은 서열전을 치른 탓이었다.

'일단 돌아갈까.'

더 높은 서열로의 도전은 나중으로 기약하고, 이번에는 이쯤 해두고 현실세계로 돌아가기로 했다.

"질 드 레."

"예, 주군."

"내가 없더라도 서열전 단체전 요청이 들어오면 계속 응하도록. 경험을 많이 쌓을수록 나중에 도움이 될 거다."

"알겠습니다. 주군께서 다시 돌아오셨을 때는 서열 6위가 되어 있을지도 모릅니다."

농담 섞인 그 말에 이신은 피식 웃었다.

현실 세계에 가 있을 때도 마계에서는 질 드 레가 계속 일해서 마력을 벌어들일 테니, 이건 이것대로 치트키를 쓴 것처럼 편리했다.

질 드 레에게 마계의 일을 맡긴 뒤, 이신은 현실 세계로 돌아갔다.

*   *   *

현실 세계에서는 휴가가 다 끝나가고 있었다.

인공지능과의 대결 때문에 제대로 쉬지 못했을 이신을 위하여 왕춘 감독이 휴가를 연장해 줬는데, 그것도 이제 끝나가고 있어서 슬슬 복귀할 준비를 해야 했다.

"너희도 팀에 복귀해야지?"

이신의 말에 주디는 고개를 끄덕였다.

"네, 너무 재미있었는데 아쉬워요."

주디는 이신과 함께 보낼 수 있었던 휴가가 행복했던 모양이었다.

이신은 이제 손에 익은 습관대로 주디의 머리를 쓰다듬었다.

"또 휴가받으면 놀면 되지."

"약속이에요? 휴가 받으시면 저를 위해 쓰셔야 해요."

"그래."

이신은 약속했다.

제자들과 작별하고서, 중국으로 떠나기 전에 가족과도 하루를 보냈다.

"더 쉬지 못해서 어쩌니?"

"충분히 쉬었어요."

"더 쉬어야지. 그렇게 무리하다간 건강 안 좋아져. 이제 어린 나이도 아닌데……."

"쉬는 게 더 피곤해요."

"쯧쯧, 느긋하게 쉬어본 적이 없으니 그렇지."

마지막 날은 부모님과 함께 느긋하게 보냈는데, 함께 식사를 하는 자리에서 어머니는 문득 스마트폰을 꺼내셨다.

"참, 요즘 네 아버지 별명이 뭔지 아니?"

"아버지 별명이요?"

이신은 의아해졌다.

"그만해."

아버지는 갑자기 심기가 불편해진 모습으로 핀잔을 했다.

하지만 어머니는 기어코 스마트폰으로 이미지 파일을 보여주었다. 웹사이트 커뮤니티의 어느 글을 캡처한 것 같았다.

[제목: 이분이 누군지 알아?]

그러한 제목 밑에는 학교에 출근하신 아버지의 사진이 찍혀 있었다.

슈트 차림의 단정한 모습에 안경을 낀 날카로운 인상.

나이는 들었으나 큰 키에 훤칠한 외모는 이신의 유전자가 어디서 왔는지 여실히 보여주었다.

그리고 그 아래로,

[이분이 바로 갓파더임.]

라는 본문 글 한 줄이 있었고, 그 아래로는 'ㅋㅋㅋㅋ'를 연발하는 댓글들이 이어졌다.

"아버지더러 갓파더란다. 요즘 학교에서도 다들 그렇게 부른다더라."

"흠흠, 그만하래도."

아버지는 가만있지를 못하고 연신 헛기침을 하셨다.

그랬다.

아버지는 신의 아버지라는 이유로 학생들 사이에서 갓파더라 불리고 있었다.

굉장히 재미있어 하시는 어머니와 더불어 이신도 피식 웃고 말았다.

아버지는 쑥스러워하셨지만, 아들 때문에 학교에서 학생들에게 인기가 많은 것이 딱히 싫은 눈치는 아니었다.

가족과 즐거운 시간을 보낸 뒤, 다음 날 이신은 공항으로 나섰다.

택시를 타고 갔는데, 인천공항에 기자들이 기다리고 있었다.

e스포츠 전문 기자는 몇 명 되지 않았다.

나머지는 다 사진 찍으러 온 연예부 기자들이었다.

현재 한국에서 가장 핫한 연예인은 바로 이신이었던 것이다. 인공지능과의 희대의 대결을 치른 뒤라 국민적인 관심이 매우 컸다.

"이제 복귀하러 가시는 겁니까?"

"예."

"곧 프로리그가 시작되는데 새로운 시즌을 맞이하여 포부 한 말씀 부탁드립니다."

"모르겠습니다."

"예?"

"무슨 포부가 필요한지 모르겠습니다."

그 말을 남기고 이신은 중국으로 향했다.

2022년.

다시 프로게이머로서 새로운 시즌을 맞이했지만, 이신은 더이상 선수 생활에 목표도 흥미도 없었다.

＊　　　　＊　　　　＊

북경에 도착한 이신은 숙소로 돌아와 짐을 풀었다.

"왔음?"

박영호가 빨대로 음료를 쪽쪽 빨며 반겼다.

거실에 들어온 이신은 끌고 온 캐리어를 내동댕이치고 거실 소파에 걸터앉아 한숨을 쉬었다.

박영호는 거칠게 내동댕이쳐진 캐리어를 빤히 바라보았다.

어떤 연예인이 공항에서 끌고 나와 화제가 되었던 캐리어였다.

이런 거친 대접을 받으면 안 되는 분이셨다.

"이 가방 새로 산 거임?"

"아니, 큰 게 필요해서 차이가 안 쓰는 거라고 줬어."

"안 쓰는 거······."

박영호도 휴가를 앞두고 호기롭게 지르려다가 가격표를 보고 살며시 뒤로 가기 버튼을 눌러야 했던 그 제품이었다.

돈도 많이 벌겠다, 펑펑 쓰며 살겠다고 결심한 박영호였지만 끝내 가난 근성을 버릴 수 없었다.

박영호가 돈 아까워서 차마 사지 못한 그 캐리어는 얼마나 막 다뤄졌는지 온갖 곳에 스크래치가 가득했다.

싼 맛에 산 캐리어 다루듯 막 굴린 게 분명했다.

'차이 그놈도 무슨 태국 재벌 아들이라고 했지?'

박영호는 패배감에 부들부들 떨었다.

태생은 어쩔 수 없는 것인지, 이신 일당의 타고난 럭셔리함을 이길 수 없었다.

알 수 없는 분노로 인해 박영호는 빨대를 강력하게 쪽쪽 빨았다.

"근데 넌 뭐 먹어?"

이신은 그제야 박영호가 요란스럽게 빨아대는 음료를 바라보았다.

그냥 음료인 줄 알고 신경 안 썼는데 묘한 한약 냄새 때문에 신경이 쓰였다.

이제 보니 박영호가 쥐고 있는 건 홍삼이라고 쓰여 있었다.

"크, 쓰다. 인생의 맛이여."

"어디 아파? 나이도 어린 게 뜬금없이 몸보신이야?"

"어허, 아직 소식을 못 들었군? SNS나 봐."

그 말만 남기고 박영호는 방으로 들어 가버렸다.

이신은 의아함이 들었으나 SNS를 찾아보지는 않았다. 스마트폰을 만지작거리는 일을 싫어했기 때문이다.

그리고 다음 날.

오랜만에 연습실에 나타난 이신을 모두가 반겼다.

코칭스태프와 선수들이 한마디씩 축하의 말을 건넸다.

"잘 봤어."

"정말 멋진 경기였어."

"내가 본 최고의 명경기였다."

"너무 대단해!"

이신은 그때마다 가볍게 대꾸해 주었다. 귀찮아서 다 무시했던 옛날과는 천지 차이로 태도가 바뀐 모습이었다.

참고로 그날 인공지능과 치렀던 경기는 희대의 명경기로 전문과와 팬이 모두 인정했다.

압도적인 피지컬과 테크닉으로 무장한 인공지능을 상대로 승리를 거둔 이신의 운영은 모든 프로 팀의 연구 대상이었는데, SC스타즈의 전략연구팀도 마찬가지였다.

이신을 통해 리플레이 파일을 확보할 수 있었으므로, 다른 팀보다 더 연구에서 앞서나가게 된 셈.

전략 팀의 연구 성과가 점점 중시되는 풍조였기 때문에 SC스타즈는 전문가들 사이에서 더욱 주목받았다.

역대 최고액의 연봉과 이적료를 들여 이신을 데려온 것이 신의 한 수가 된 것이다.

"푹 쉬셨습니까?"

왕춘 감독이 이신을 반겼다.

이신은 고개를 끄덕였다.

"예, 덕분에."

"게임에서 완전히 손 떼고 푹 쉬셨겠지요?"

"예."

"확실히 온라인에서 아이디가 보이지 않았던 걸 보니 제 지시를 잘 따랐던 것으로 보였습니다. 의미 있는 휴식이었으면 좋겠군요."

왕춘 감독은 이신의 심리적인 컨디션을 매우 중시 여겼다.

모든 것을 이룬 남자.

목적이 없어진 후의 허무함.

종종 우승자들이 그런 상태를 맞이하여서 부진에 빠지는 모습을 흔히 보았던 것이다.

특히나 중국은 스트리밍으로 개인방송에 흥행하면 선수 연봉보다 훨씬 많은 돈을 번다.

우승을 차지하여서 스타덤에 오르면 훈련에 소홀히 하고 개인방송에 몰두하는 건 물론이고, 아예 은퇴해 버리고 전문 BJ로 전향하는 사례도 심심치 않았다.

이신은 그런 타입이 아니었지만, 우승자가 계속 자기 기량을 유지하는 경우를 별로 못 본 왕춘 감독으로서는 걱정이 들 수밖에 없었다.

"실은 오늘 팀 랭킹전이 있습니다."

왕춘 감독이 말을 꺼냈다.

이신의 눈에 이채가 띠었다. 처음 듣는 얘기였다.

팀 랭킹전은 팀 내에서 선수들이 모두 종합적으로 겨뤄서 순위를 가리는 행사인데, 거기서의 실적에 따라 경기에 주전으로 출전할 수 있는 기회가 정해진다.

어지간히 개판인 팀이 아니라면, 선수들로서는 기회를 잡기 위해 목숨 걸고 임하는 행사였다. 프로리그에서 출전한 횟수와 승률이 고스란히 연봉에 반영되기 때문이다.

그런데 이신은 이제 막 복귀한 터라 랭킹전에 대비를 못한 것이었다.

"물론 카이저는 이제 막 복귀하셨으니 참여하실 필요가 없습니다. 오늘은 그냥 우리와 함께 선수들 게임을 관전하시죠."

그것은 이신을 다른 선수들과 다른 특별대우를 하는 셈이었다. 물론 이신 같은 위대한 업적을 쌓은 선수에게는 그 정도 대우는 이상하지 않았다.

"그러실 필요는 없습니다."

"아뇨, 당신에게 부담을 주고 싶지 않습니다. 폼은 천천히 끌어올려도 좋으니 편히 계십시오."

이제 막 복귀한 이신에게 갑자기 랭킹전에 나가라는 건 무리였다. 그렇지 않아도 의욕이 없는 이신을 더욱 피곤하게 만드는 일이다.

하지만 이신은 고개를 저었다.

"참여하겠습니다."

"무리일 텐데요? 쉬시는 동안 게임은 안 하셨잖습니까."

실은 마계에 있느라 왕춘 감독의 생각보다 훨씬 더 오랫동안 게임에서 손을 놓고 있었던 이신이었다.

"별로 성적이 안 좋아도 괜찮습니다. 그렇다고 의욕을 잃거나 할 정도로 나약하지 않으니까."

"으음, 정 그러시다면 뜻대로 하시지요. 하지만 컨디션이 영 아니다 싶으면 언제든 빼겠습니다."

"예."

이신은 팀 랭킹전 참여를 강행했다.

확실히 오랫동안 게임을 안 해서 감이 안 돌아온 상태.

하지만 이상하게 질 것 같다는 생각이 안 들었다.

평소 철저하게 준비되어 있지 않으면 결코 스스로를 과신하지 않았던 이신.

그런데 지금은 이상하게 자신감이 넘쳤다.

'자만심이 생긴 건가?'

스스로에게 자문했다.

'겸손을 잃으면 안 되는데 큰일이군.'

그렇게 속으로 중얼거리는 이신.

놀랍게도 그는 스스로가 겸손하다고 여기고 있었다. 박영호가 들었으면 기막혀했을 소리였다.

＊　　　＊　　　＊

"어? 카이저도 나가는데?"

"이제 막 복귀했으면서 괜찮을까?"

"누가 누굴 걱정해? 우리 앞가림이나 잘하자."

"하긴."

"카이저잖아. 랭킹전에서 좀 죽 쑨다고 클래스가 떨어질 급이냐?"

"난 이참에 한 번이라도 카이저를 이겨봤으면 좋겠어."

선수들은 랭킹전 명단에 이신의 이름이 있자 수군거리며 잡담했다.

랭킹전은 풀 리그 방식으로 진행되었다. 즉, 모든 선수가 서로 한 번씩 겨뤄보는 방식이었다.

그 탓에 랭킹전은 상당히 오래 걸리는데, 하루 종일 진행되는 이 행사를 왕춘 감독과 코칭스태프는 절대로 소홀히 여기지 않았다.

왕춘 감독과 코칭스태프 전원이 참석하여서 매의 눈으로 모든 게임을 본다.

그만큼 모두에게 힘든 행사였다.

첫 번째 게임은 지우펑과 리우.

피나는 노력으로 중국 최고의 신족 플레이어가 된 지우펑과 전형적인 게으른 천재인 리우의 대결이었다.

"으음, 이거 걱정되는데."

왕춘 감독이 침음하며 중얼거렸다.

코칭스태프도 마찬가지였다.

지우펑과 리우는 성격상 완전한 상극이었다.

그렇다고 사이가 안 좋은 건 아니지만, 늘 노력하는 지우펑으로서는 펑펑 놀면서 선수 생활을 하는 리우를 탐탁지 않게 여길 수밖에 없었다.

그런데 하필 지우펑은 현재 컨디션이 좋지 않았다.

인공지능과의 대결에서 신족 대표로 나가서 패배하는 바람에 정신적으로 타격을 입은 것이다.

그날 이벤트 매치에서 완패당한 마이클 조셉이나 아마드 부티아에 비하면 훨씬 좋은 경기력을 보여주었지만, 그래도 자존심이 센 지우펑으로서는 충격이었다.

"요즘 연습 게임에서도 지우펑은 별로 안 좋았습니다."

코치들도 우려를 나타냈다.

"저러다 리우에게 지면……."

아니나 다를까.

―쐐애액!

―크억!

―쐐액!

―크어억!

리우의 쐐기충 편대가 날아들어 지우펑의 대사제들을 사살해 버렸다.

인근에 거신병기들과 사략기 편대까지 있었음에도, 과감하게 뛰어들어서 귀중한 대사제를 암살해 버린 것이다.

전격 마법으로 괴물 대군을 녹여 버려야 하는 대사제가 사라지자, 남은 것은 리우의 물량 공세였다.

죽여도 죽여도 계속 밀려오는 괴물 대군은 대사제 없이 막을 수 있는 게 아니었다.

지우펑은 고개를 젓고는 GG를 선언했다.

경기장과 똑같이 방음부스가 설치된 실전 연습실은 어색한 침묵이 내려앉았다.

고뇌에 잠긴 표정의 지우펑.

그에 반해 리우는 대놓고 기뻐하지는 않지만 가뿐한 표정이었다.

왕춘 감독은 한숨을 쉬었다.

'하필이면 저놈에게 저런 재능을 주셨는지.'

원채 성품이 게으른 리우는 장기 휴가의 후유증이 가장 적은 선수이기도 했다.

"다음은?"

"카이저의 차례입니다."

코치의 말대로 카이저가 부스 안으로 들어가고 있었다.

매니저들이 빠르게 해당 선수의 전용 장비로 교체해 주었고, 곧바로 두 번째 게임이 시작되었다.

상대는 2군 선수였는데 종족은 같은 인류였다.

"그나마 동족전이라 다행이군."

왕춘 감독의 중얼거림에 코치들도 동의했다.

이제 막 복귀했기 때문에 폼이 안 돌아왔을 이신.

하지만 다행히 인공지능과 대결하느라 동족전 연습은 휴가 중에도 많이 했을 터였다.

이신은 평범한 1병영 더블 빌드로 시작했다.

병영 건설 후 빠르게 앞마당에 확장 기지를 짓고, 안전하게 앞마당에 참호도 건설해서 방어 태세를 해놓았다.

인상적인 것은 꼼꼼한 정찰이었다.

맵을 구석구석 살펴서 상대가 몰래 숨겨 짓은 건물이 없는지 체크하는 이신.

이를 보며 코치들이 말했다.

"대단히 안전하게 하는군요."

"뭐, 깜짝 전략만 아니면 무조건 이긴다는 마인드일 테니까요."

정말로 무난하게 흘러갔다.

무언가 과감한 시도를 해보려는 쪽은 2군 선수였다. 무난하게 해서는 이신을 이길 수 없었으니까.

하지만 이신은 정말 안전한 선택만 했다.

안전하게 할수록 자원상으로는 손해를 본다는 뜻이었다.

하지만 그럼에도 이신은 안전을 택했다.

좀 손해를 보더라도 파고들 빈틈을 조금도 안 주겠다는 의지.

'상대와 실력 차이가 나야 할 수 있는 운영이구나.'

2군 선수는 나름 과감한 확장으로 다량의 자원을 확보하며 이신을 압도하는 병력을 모았다.

전선(戰線)도 잘 그었다.

저대로 장기전이 되면 6 대 4 정도의 비율로 맵을 장악하게 된다.

그런데 조용히 있던 이신이 마침내 움직였다.

병력이 일제히 9시를 총공격.

2군 선수는 이를 잘 캐치하고는 9시에 병력을 투입해 잘 막았다.

그러자 다시 이신은 3시로 방향을 돌려서 전선 돌파를 시도했다.

상대도 9시 수비에 보낸 병력을 부랴부랴 3시로 돌렸다.

이신은 계속 방향을 바꿔가며 공격을 했다.

2군 선수는 이런 움직임을 쫓아가느라 정신이 없었다.

그러다가 중간 중간 이신이 기습적으로 찔러 넣은 견제 플레이에 피해를 받았고, 이 때문에 더더욱 정신이 없어진 2군 선수였다.

계속 좌우로 흔들고 견제도 넣어서 상대가 템포를 따라잡지 못하게 했다.

시간이 지나자 어느새 상황은 역전되어 있었다.

결국 이신은 중앙 돌파를 펼쳐서 전선을 완전히 붕괴시키고는 상대에게 GG를 받아냈다.

그냥 어린애 손목을 비튼 게임이었다.

왕춘 감독과 코칭스태프들, 그리고 선수들은 아연실색했다.

"그냥 평범하게 했는데 역전해 버렸어."

"그냥 빠른 템포로 못 따라오게 해서 꺾다니."

"오늘 막 복귀한 거 아냐?"

"저걸 어떻게 이기지?"

"완전히 천하무적이잖아."

이제 막 복귀해서 폼이 떨어진 사람의 실력이 아니었던 것이다.

그리고…….

"마음에 안 들어."

박영호는 홍삼을 쪽쪽 빨며 이신을 노려보고 있었다.

제6장

의무

계속 진행된 팀 랭킹전에서 이신은 상대가 누구든지 간에 같은 스타일을 고수했다.

정석, 그리고 안전.

상대가 할 수 있는 모든 노림수를 틀어막는 더없이 철저한 플레이였다.

하지만 그건 결코 평범한 플레이는 아니었다.

이는 가위 바위 보로 비유할 수 있다.

상대가 가위나 바위를 낼 거라고 예상이 든다면 마땅히 바위를 내는 것이 최선이다.

이때 상대가 보를 낼 위험까지 대비할 수는 없는 법이었다.

상대가 보를 낼 위험은 배제하고 나머지 두 가지 경우를 대비하여서 바위를 내는 것.

SC도 그러했다.

모든 경우의 수를 다 대비할 수는 없으니, 몇 가지는 어느 정도 배제해야 하는 것이다.

그 가위 바위 보가 바로 빌드 오더다.

그래서 빌드 오더를 선택할 때 상대의 성향과 평소 즐겨 하던 플레이, 그리고 맵의 특성을 골고루 감안하여서 결정해야 한다.

상대도 평소에 하지 않던 빌드 오더를 시도하는 등의 심리전을 펼칠 테고 말이다.

이신이 사상 최고의 프로게이머로 군림할 수 있었던 가장 주된 이유도 바로 이런 심리전에 강했기 때문이다.

그런데 오늘의 이신은 가위 바위 보 세 가지를 모두 막아내기 위한 운영을 하고 있었다.

인류는 방어에 특화된 종족 특성상 그게 가능하긴 했다.

다만 그만큼 방어에 더 자원과 시간을 소모했으므로 상대보다 한 발짝씩 뒤쳐질 수밖에 없다.

상대에게 뒤처지지 않기 위하여, 혹은 한 발 더 앞서기 위하여 일부 경우의 수를 과감하게 '배제'를 하는 것인데, 오늘 이신은 전혀 배제를 하지 않은 것이다.

극도로 안전한 플레이.

그것은 이신이 갑자기 겁을 먹고 안전주의자가 된 게 아니었다.

오히려 반대였다.

한발 뒤처지더라도 결국 이길 수 있다는 자신감!

허를 찔린 일격만 안 당하면 이길 수 있는데 당연히 안전해지는 것이었다.

그리고 실제로도 지지 않았다.

─퍼퍼퍼퍼퍼펑!!

기동포탑들이 일제히 포격을 펼쳤다.

우렁찬 굉음과 함께 쏘아진 포화가 신족의 병력을 무참히 짓이겼다.

상대 신족은 확장 기지를 많이 구축하고 이를 통해 얻은 막대한 자원을 바탕으로 이신보다 빨리 인구수 제한까지 풀 병력을 모았다.

자원이 넘쳤으므로 싸움을 통해 병력을 소모해야 했다. 그래야 병력을 또 뽑고 계속 공격하는 물량 싸움이 이루어지니까.

이신도 그런 신족의 심리를 꿰뚫고 있었다.

싸우고 싶을 테니, 싸울 곳을 마련해 주마.

이신은 전 병력을 끌고 출진했다.

이신이 먼저 본진에서 나와주자, 신족은 얼씨구나 하고 덮쳐 들었다.

그리고 그 결과가 바로 이것.

―끼리릭! 끼릭!

―끼리릭!

포화에 맞은 거신병기들이 고장 난 채 털썩 주저앉는다. 거신병기들이 죽어나가는 소리가 계속 울려 퍼졌다.

바로 이거였다.

상대에게 덮칠 기회를 줬지만, 이신은 나오면서도 완벽한 진형을 갖춰놓은 상태.

그걸 모르고 무작정 달려들었던 신족은 병력을 꼬라박고 패퇴했다.

지금까지 앞서나갔던 이득이 송두리째 사라져 버렸다.

급히 병력을 다시 생산하고 있지만, 아직 병력이 채워지지는 않고 있는 시점!

이신은 그 틈을 놓치지 않고 가차 없이 역습에 나섰다.

바람처럼 진격하여 신족의 확장 기지 하나를 파괴시켰다.

또한 유리한 위치에서 자리를 완벽하게 갖추고 상대를 압박.

신족은 적을 물리치기 위해 달려들 수밖에 없었고, 유리한 위치에서 좋은 진형을 갖춘 이신에게 또 패퇴했다.

결국 GG가 선언되었다.

이를 지켜본 선수들은 어안이 벙벙해졌다.

"아까랑 똑같이 졌잖아?"

"아까부터 신족이 계속 한 타 싸움에서 패배해서 유리한 상황을 말아먹고 있어."

"병력도 더 많았는데 계속……."

"되게 쉽게 이기네."

"신족이 원래 저렇게 약한 종족인가?"

혼란에 빠질 수밖에 없는 광경이었다.

특히나 신족과 괴물을 다루는 선수라면 더욱더.

이신이 특별한 승부수나 슈퍼 플레이를 펼친 것도 아닌데 자연스럽게 상대를 픽픽 쓰러뜨렸으니, 종족의 한계인가 의심스러울 정도였다.

물론 왕춘 감독이나 전략 연구원들은 비결을 알고 있었다.

"진형."

왕춘 감독이 한마디로 정의했다.

연구원들도 수긍했다.

"예, 싸울 때마다 진형을 완벽하게 잡았습니다."

"원하는 때에 원하는 장소에서 싸울 수 있도록 상대를 유도

했습니다. 그러니 진형을 완벽하게 이룬 채 전투를 펼칠 수 있었던 것이죠."

한 번 잘 싸워서 승부가 뒤집히는 경기는 얼마든지 있었다.

단 1의 자원이라도 더 먹기 위해, 단 1초라도 더 단축시키기 위해 각고의 노력을 기울이는 프로게이머의 세계.

하지만 그렇게 해서 상대보다 조금 더 이득을 본다 해도, 한 번의 전투에서 손실을 보면 그것들이 전부 헛수고가 되는 경우가 비일비재했다.

이신은 그런 식으로 연전연승을 거뒀다.

안전하게 하느라 과감한 행보를 보이는 상대보다 뒤쳐져도, 그런 식으로 따라잡고 결국 이겼다.

일류 선수들도 대규모의 병력끼리 맞붙는 큰 전투에서는 잘 못 싸우기도 하는 법인데, 이신은 그런 실수를 한 번도 안 했다.

운 좋아서 계속 잘 싸운 게 아니라, 기세를 보니 앞으로 전투를 100번 더 펼쳐도 계속 이길 것 같았다.

"오늘 막 휴가에서 복귀했는데도 어찌 저럴까요?"

한 코치가 경이에 차서 그렇게 물었다.

왕춘 감독은 한숨을 쉬며 말했다.

"완벽하기 위해서는 실수를 하지 않도록 계속 연습해서 반복 숙달되어야 하지."

오늘 랭킹전에서 보여주는 이신의 경기는, 일반인이 보기에는 그냥 평범한 게임으로 보일지도 모른다.

하지만 이 자리에는 전문가들밖에 없었다.

저게 얼마나 대단한 것인지 그 진가를 알 수 있었다.

"그냥 완벽한 거야."

왕춘 감독이 한마디로 요약해 버렸다.

실수가 전혀 없다.

오직 피나는 연습만이 가져다줄 수 있는 티 없는 완벽함.

이신이라는 남자는 이제 막 휴가에서 복귀했음에도 오랫동안 닦아온 내공이 축적되어서 몸이 완벽함을 기억하고 있었다.

'그러니 저리 의욕이 없어도 손은 알아서 완벽한 플레이를 하는 것이겠지.'

열정이 다 소진되어 버린 채.

그럼에도 손은 자신이 걸어왔던 경험이 빚어낸 플레이를 자동으로 펼치고 있었다.

"모르겠습니다."

"무슨 포부가 필요한지 모르겠습니다."

새 시즌의 포부를 묻는 질문에 이신은 그렇게 답했다.

팬들은 이제 이신이 완전히 의욕이 사라진 게 아니냐고 우려를 표했다.

더 이상 이룰 게 없는 현재진행형의 전설이었다.

부서진 손목을 안고 사라진 1년간 출현한 신흥 강자들도 전부 꺾었다.

마지막 난적이었던 과거의 자기 자신마저 이기고서 이미 이신은 프로게이머로서 완성을 이루었다.

[이미 완성되어 버렸기에 더할 것이 없어졌다.]

어느 칼럼에서 이신을 표현한 문구였다.

의욕이 있든 없든 여전히 굉장한 실력을 보여주는 건 다행이었지만, 그래도 감독으로서 걱정되는 건 사실이었다.

의욕 저하가 부진으로 연결되지는 않았고, 계약이 되어 있는이상 SC스타즈의 선수로서 제 역할을 다 할 것임은 틀림없었다.

그럼에도 심경의 변화를 일으켜 은퇴하겠다고 나서면 SC스타즈의 입장에서는 그걸 저지하기가 난감해진다.

'나 같아도 지금 은퇴할 거다.'

왕춘 감독은 그렇게 생각했다.

이미 일반적으로는 전성기가 한참 지나가 버린 나이.

더 이룰 것도 없는 업적.

고갈된 의욕.

바로 지금 은퇴하는 것이야말로 여전히 최고인 채로 박수받으며 떠나는 그림이 되는 것이다.

그래서 더 우려되는 왕춘 감독이었다.

감독으로서 그렇지만, 순수한 팬으로서도 그랬다. 이신의 아름다운 플레이를 더 보고 싶었다. 팬들도 이 같은 심정일 터였다.

'누군가가 다시 그의 승부욕을 자극해 주었으면 좋겠는데.'

팀 랭킹전은 계속 진행되었다.

부진의 조짐이 보이는 지우펑은 이신을 상대로 암흑사제를 이용한 기습 전략을 썼다가 사전에 발각당해 막혀 버렸다.

이신은 모든 경우의 수를 다 대비하고 있는데, 암흑 사제처럼 실패하면 뒤가 없는 전략을 시도하다니?

왕춘 감독은 어처구니없는 판단을 한 지우펑을 호되게 질책하고 싶었다.

하지만 워낙 자존심이 강한 지우펑에게는 역효과일 뿐이라 왕춘 감독은 잠자코 있었다.

실컷 놀고 나더니 도리어 실력이 물이 오른 리우도 이신 앞에서는 별수 없었다.

인류가 완벽하게 플레이를 하면 괴물이 죽었다 깨어나도 이길 수 없음을 입증할 뿐이었다.

"쐐기충 동선을 다 예측하고 있어."

"제대로 견제를 못하고 보병한테 긁히기만 했네."

"어떻게 저런 디펜스를 펼치는 거야?"

선수들은 그저 감탄할 뿐이었다.

프로들의 눈에는 보병들과 쐐기충들의 움직임 하나하나에 들어간 심리전이 보였다.

그 때문에 리우의 쐐기충들이 이신에게 심리적으로 말려서 움직임을 다 예측당한 것을 알 수 있었다.

그렇게 리우도 항복 선언을 하니, 이제 이신에게 남은 상대는 오직 박영호뿐이었다.

박영호도 무패행진을 계속하여서 이제 팀 내 1위를 놓고 이신과 쟁탈전을 벌이게 되었다.

"내 차례네. 와 무슨 에이스 결정전 같아."

박영호는 이신의 엄청난 기세에도 전혀 겁먹은 눈치가 아니었다.

쪽쪽 빨아먹던 홍삼 팩을 휴지통에 버리더니 부스로 올라갔다.

여유가 넘치는 박영호.

하지만 아무도 박영호가 이신을 이길 수 있다고 생각하지 않았다.

인공지능마저 이기고 명성이 극에 달한 이신의 존재감은 그 정도였다.

하지만 박영호의 얼굴은 느긋했다.

공식전도 아니니 긴장감을 못 느끼는 것일까.

아니면 이미 2위를 확보했으니 안심한 걸까.

게임이 시작되었다.

맵의 이름은 승부처.

2인용 맵으로, 스타팅 포인트가 1시와 7시에 위치했다.

서로 대각선 위치이기 때문에 거리가 멀어 초반에 승부를 보는 전략이 쓰이지 않는다.

초반 전략은 타이밍이 생명인데, 거리가 멀어서 이동하다가 시간을 다 빼앗기는 것.

때문에 이신도 박영호도 방어를 신경 쓰지 않고 부유하게 출발했다.

*　　　　　*　　　　　*

박영호는 기분이 좋지 않았다.

모두가 보고 감탄하는 이신의 오늘 게임이 마음에 안 들었다.

'어딜 봐서 감탄을 해야 하는 거냐? 너희들이 졸라 못하는 거?'

프로게이머들은 조금이라도 더 시간과 자원을 아끼기 위해 심혈을 기울이는 장인들이다.

왜 그렇게 방망이 깎는 노인이라도 된 양 디테일한 부분에 노력을 기울일까?

조금이라도 더 유리하기 위해서였다.

그 조금의 차이가 승부를 가르기 때문이다.

이신은 오늘 그걸 무시하고 무조건 안전하고 철저하게 가고 있었다.

좀 불리해도 만회할 수 있다는 자신감?

'자신감 따위가 아니야.'

이신은 상대가 약하더라도 얕보고서 플레이하는 사람이 아니다.

그는 그냥 승부욕을 잃어버린 것이었다.

그렇기 때문에 최상의 플레이를 위하여 무언가 하나는 배제해야 하는 위험을 무릅쓰지 않는 것이다.

아무 생각 없이 습관적으로 하기 위한 선택.

영혼은 나간 채, 손만 움직이는 껍데기였다.

박영호는 그게 진심으로 화가 났다.

'정신이 번쩍 들게 해주마.'

*　　　　*　　　　*

정찰을 떠난 일벌레가 마찬가지로 정찰에 나선 건설로봇과 맞닥뜨렸다.

그 순간 박영호의 눈빛이 희번득했다.

'한번 뒈져봐라.'

일벌레가 도중에 맞닥뜨린 건설로봇을 공격했다.

건설로봇도 마찬가지였다.

이신의 건설로봇은 유독 성질이 고약하기로 유명했다.

—퉤엣!

일벌레는 독액을 뱉고 뒤로 빠지는 무빙 샷을 반복했다.

"와!"

"대단해!"

선수들도 감탄했다.

일벌레는 체력이 세 종족 생산 유닛 중 가장 약하다. 하물며 건담이라 불리는 건설로봇과 싸워 이기기는 어려웠다.

하지만 일벌레가 독액을 뱉는 사정거리는 2칸.

박영호는 그 2칸을 이용하여서 무빙 샷을 펼친 것이다.

건설로봇은 싸움을 관두고 정찰을 하러 계속 떠났지만, 일벌레가 가만 놔두지 않았다.

계속 앞길을 막으며 무빙 샷, 무빙 샷!

정교한 컨트롤을 미친 듯이 펼치며 건설로봇의 체력을 절반

이하로 깎아놓은 박영호.

이신은 그래도 정찰을 강행했으나,

―퍼엉!

마중 나와 있던 또 한 마리의 일벌레의 공격을 받아 건설로봇이 폭파했다.

건설로봇이 순간적으로 방향을 돌려 도주했지만, 일벌레 2마리가 능숙하게 길을 막고 몰아넣어서 사살할 수 있었다.

잠시 실전 연습실에 적막감이 휩싸였다.

저 이신으로 하여금, 정찰도 다 못하고 일꾼 하나를 날려먹게 만들었다. 웬만한 일류 선수들도 흉내 못 낼 플레이였다.

박영호의 감각이 아주 날카롭게 벼려져 있다는 증거였다.

"폼이 상당히 좋아 보입니다."

"저 일벌레 컨트롤은 정말 어려운 건데 저리 쉽게 해내는군요."

코치들이 칭찬을 아끼지 않았다.

이신 영입만큼이나, 박영호의 영입 또한 신의 한 수로 평가되고 있었다.

영입한 두 외국인 용병이 모두 지난 그랑프리에서 세계 최고를 다퉜으니, SC스타즈를 부러워하지 않는 팀이 없었다.

SC스타즈의 주전 멤버가 점점 세계 올스타처럼 변한다는 평이었다.

'러너가 한번 해주는 건가?'

왕춘 감독의 눈에 기대의 빛이 어렸다.

박영호라면 이신의 승부욕을 다시 한번 일깨워줄 수 있으리라 생각했다.

한솥밥을 먹게 되어서 무적의 콤비가 되었지, 상하이 게이밍 같은 중국 내 다른 팀으로 갔으면 이신의 라이벌이 되어서 치열하게 맞붙었을 박영호였다.

이신의 또 다른 건설로봇이 정찰에 나섰다.

맵의 특성상 부유한 빌드 오더로 출발하는 게 당연하지만, 그걸 노리고 허를 찔러서 치즈러시를 감행하는 경우도 종종 있었다.

체크를 해야 했기에 오늘 안전한 플레이로 콘셉트를 잡은 이신은 실패한 정찰을 다시 시도했다.

하지만 오늘 박영호는 작정을 한 듯했다.

건설로봇이 앞마당에 나타나자, 앞마당에서 식량을 채집하던 일벌레가 튀어나와 건설로봇을 공격했다.

건설로봇이 반격하자 이를 피하며 2칸 거리에서 터닝 샷.

건설로봇이 싸우지 않고 옆으로 돌아가려 하자, 쫓아가 길을 막으면서 다시 터닝 샷.

계속해서 터닝 샷, 블로킹, 터닝 샷, 블로킹!

"우와아!"

"역시 러너도 인간이 아니야."

"저 컨트롤을 어떻게 저리 계속 성공하는 거야?"

"저게 연습을 한다고 되는 건가?"

경악을 금치 못하는 건 같은 괴물 플레이어들이었다.

중국은 보기 화려하고 컨트롤을 좋아하는 편이라 컨트롤 대회 같은 이벤트도 있을 정도였다.

하지만 저 정도는 아니었다.

컨트롤 게임 맵이 아닌 실전 경기에서 여러 가지에 신경 쓰는 와중에 저런 컨트롤을 펼친다는 건 불가능했다.

계속 블로킹과 터닝 샷을 반복한 신들린 일벌레는 기어코 본진으로 들어가는 출입구를 막아섰다.

그 순간, 이신도 테크닉을 부렸다.

앞마당의 광산을 클릭했다가 다시 본진 방향을 클릭하면서 비비기를 시도한 것이다.

시야에 들어온 자원을 클릭하면 다른 유닛이 길을 막아도 무시하고 지나갈 수 있다는 점을 노린 것인데, 좌측 뒤편에 있는 광산을 이용하려면 미세한 각도 조정이 필요했다.

물론 이신은 그런 걸 밥 먹듯이 해내는 편이었다.

하지만······.

─퉤엣!

일벌레도 가만히 있지 않고 앞뒤로 왔다 갔다 하며 계속 터닝 샷을 펼쳤다. 그러면서 계속 블로킹해서 비비고 지나갈 수 없게 만들었다.

그러는 동안 튼튼한 건설로봇의 체력도 바닥을 보이고 있었다.

하는 수 없이 건설로봇은 뒤로 물러났다.

또 격파당하기 전에 도망칠 생각이었다.

하지만…….

—퍼엉!

앞마당에서 일하던 일벌레 1마리가 퇴로를 가로막고 일순간에 건설로봇을 처치했다.

2기째!

실전 연습실에 정적이 드리웠다.

같은 선수들로서는 소름 끼치는 순간이었다.

상대는 무려 이신이었다.

그런데 정찰도 성공 못 시키고 건설로봇 2기를 헌납하게 만들었다.

일벌레로 건설로봇을 잡으려면 정말 부지런히 끈질기게 공격을 넣어야 한다.

그러고도 건설로봇이 요리조리 피해 다니면 재간이 없으므로, 보통 저렇게까지 집요하게 정찰 커트에 집착하지는 않는다.

"저러면 완전히 말렸지?"

"러너가 시작이 좋아."

한편, 박영호는 하늘군주로 이신의 본진을 어느 정도 정찰했다.

생 더블로 앞마당에 확장 기지를 구축한 뒤, 테크 트리를 올리고 있었다.

'기계보병이네.'

박영호는 이신의 빌드 오더를 파악했다.

생 더블 후 4기갑정거장에서 기계보병을 뽑고 방어력 1업그레이드 타이밍에 공격을 펼치는 빌드였다.

생 더블만 성공하면 5할 이상 게임을 유리하게 가져갈 수 있는 빌드 오더였다.

이 빌드를 만든 장본인도 이신.

웃기게도 예능 프로그램에서 인기 가수 유지나에게 게임을 가르쳐주면서 만든 빌드 오더였다.

이에 맞서서 박영호는 독침충을 선택했다.

독침충 둥지를 건설했다.

그리고 본진 안쪽 구석에 독침충 둥지를 하나 더 건설했다.

한 번에 독침충 둥지를 2채나 건설한 것이다.

"어어?"

"저게 뭐야?"

"실수 아냐?"

"아냐. 건설할 자원을 딱딱 맞춰놓고 있었잖아."

"대체 무슨 빌드지?"

선수들은 혼란을 느꼈다.

왕춘 감독이나 코칭스태프들도 마찬가지로 고개를 갸웃거렸다.

잘하던 박영호가 갑자기 기행을 벌인다고 생각했다.

오히려 운영상 가닥을 잘 잡은 쪽은 이신이었다.

2차례나 정찰에 실패했음에도 이신은 감으로 박영호가 모험을 하고 있음을 눈치챘다.

보통 이 상황에서 괴물이 모험을 한다면, 쐐기충이 아닌 촉수충을 택하는 것.

이신은 그래서 대공 방어를 위해 대공포를 건설할 돈을 아낄 수 있었다.

이러면 오히려 유리한 쪽은 인류였다.

"아무리 봐도 실수 같죠?"

한 코치가 물었다.

왕춘 감독은 고개를 끄덕였다.

"실수로 건물 2개를 건설한 건 아니야. 하지만 판단 자체는 실수 같군."

박영호는 독침충을 생산하면서, 2채의 독침충 둥지에서 업그레이드를 동시에 실행하였다.

거기서도 모두의 예상이 빗나간 판단이었다.

하나는 스피드 업그레이드.

또 하나는 사정거리 업그레이드.

촉수충으로 변태할 수 있는 업그레이드는 선택하지 않았다.

"그냥 독침충이라고?"

"독침충 타이밍 러시인가본데. 저게 가능할까?"

"안 돼. 결국 막혀."

독침충들이 생산되자마자 박영호는 즉시 공격에 나섰다.

이는 이신도 예상하지 못한 공세였다.

이신은 촉수충을 예상했지 독침충이 곧장 달려올 줄은 예상 못했던 것이다.

예상보다 이른 타이밍.

아직 이신에게는 기계보병이 얼마 없었다.

하지만 앞마당은 심시티로 잘 막아놓고 있었으므로, 이신은 건설로봇으로 건물을 수리하면서 막았다.

그때,

'뒈져!'

박영호가 이를 악물고 돌진했다.

가까이 접근한 독침충들이 건물을 수리하던 건설로봇들을 일점사했다.

─퍼엉! 펑!

—투타타타타!

참호 안에 있던 보병들이 총으로 마구 쐈지만, 박영호는 개의치 않고 계속 건설로봇을 하나하나 잡아나갔다.

—퍼엉! 펑!

—키엑! 키에엑!

독침충들이 죽고 건설로봇들도 죽었다.

이신은 급히 건설로봇들을 뒤로 물렸다.

그러자 박영호도 뒤로 물러나 건물을 공격했다.

건설로봇이 건물 수리를 위해 붙으면 독침충들도 다시 달려들었다.

거칠고 사나웠다.

박영호의 무시무시한 투혼에 이신은 예상보다 건설로봇을 많이 잃어야 했다.

하지만 이신도 앞마당이 뚫리지는 않았고, 기동포탑으로 독침충들을 쫓아내는 데 성공했다.

피해를 입히긴 했지만, 박영호가 노렸던 것은 타이밍 러시였으므로 이제 이신에게로 턴이 넘어간 것이나 다름없었다.

확장을 늘리고 독침충을 계속 뽑는 박영호.

이신도 추가로 확장을 시도하며 병력을 서서히 전진시키기 시작했다. 기계보병 다수에 기동포탑도 간간히 섞인 병력이었다.

그리고 박영호가 다시 한번 괴물 군세를 이끌고 덮쳤다.

다수의 독침충들과 바퀴 떼들이 함께 좌우로 넓게 퍼져서 이신과 정면충돌했다.

"무모한데?"

"에이, 못 이기지."

─투타타타타타!!

기계보병들이 기관총으로 독침충들을 녹였다.

독침충들은 계속 독침을 쏘고 앞으로 이동하는 무빙을 반복하며 치열하게 맞섰다.

그리고 한 무리의 바퀴 떼들이 다른 방향에서 출현, 후방에 자리 잡고 있던 기동포탑들에게 달라붙었다.

─퍼어엉! 퍼엉!

기동포탑들이 잇달아 격파.

하지만 바퀴 떼도 기계보병들의 사격에 몰살당했다.

죽은 괴물들이 흘린 피로 맵이 유혈에 차오를 때쯤,

"오오!"

"계속 온다!"

다시 독침충과 바퀴들이 나타났다. 다시 생산된 병력을 곧바로 투입한 것이다.

그러면서 이신의 앞마당도 소수의 바퀴들이 침투해서 일하는 건설로봇들을 공격했다.

그중 2마리가 본진까지 들어가서 정신없게 만들었다.

여기저기서 펼쳐지는 난전!

박영호는 물량 회전으로 계속 공격을 몰아쳤다.

냅다 정면으로 들이받을 줄은 생각도 못했으리라.

하지만 박영호는 초반에 독침충으로 이신에게 피해를 입혀놓은 게 있으므로, 물량 싸움에서 할 만하다고 판단했다.

그래서 이번에도 촉수충도 쐐기충도 없이 오직 독침충 물량으로 몰아친 것이다.

다들 멍해졌다.

괴물들이 계속 밀고 들어와 이신의 병력을 아작 내고 있었다.

박영호는 마무리로 새로 생산된 독침충들을 또 투입하며 채팅을 쳤다.

—Runner: naga^^

대부분 저게 무슨 뜻인지 몰랐지만, 한국어를 아는 왕춘 감독은 헛웃음을 지었다.

"허허, 나가라는군."

"예? 카이저에게요?"

코칭스태프들은 경이에 찬 시선으로 부스 안의 박영호를 바라보았다.

결국 이신은 GG를 선언해야 했다.

*　　　　*　　　　*

이신은 전혀 생각지 못한 플레이를 한 박영호에게 패배했다.

심지어 나가라는 채팅까지 듣는 수모를 당했다.

부스에서 나왔을 때, 마찬가지로 반대편 부스에서 나온 박영호는 이신에게 성큼성큼 다가왔다.

"이제 좀 정신이 번쩍 들어?"

"약간."

"이제 더 해먹을 것도 없고 지겨운 거 이해하는데, 그래도 이렇게 시시해지면 안 되지."

박영호는 이신을 노려보며 말을 이었다.

"형이 말했잖아? 아직 건재할 때 이겨보라고."

"저를 이겨보십시오. 저보다 더 강한 선수라고 역사에 새겨보십시오. 이제 기회가 많지 않습니다."

개인리그 프로모션 영상에서 그런 도발을 한 적이 있었던 것 같았다.

"나도 이 게임 지겨운데, 그 말만 믿고 여기까지 달려온 거야. 그럼 약속 지켜야지. 늙어서 퇴물이 된 게 아니면 싫어도 날 위해 계속 최고로 있어줘야지."

"……."

"거기에 그대로 있어. 올해는 내가 모가지 따러 갈 테니까."

그러면서 박영호는 홀쩍 떠나 버렸다.

팀 랭킹전은 그렇게 마무리되었다.

팀 내 1위에 박영호의 닉네임이 있는 것을 이신은 가만히 바라보았다.

그 밑, 2위에 있는 Kaiser라는 닉네임이 영 어색했다.

너무 어색해서,

피식.

웃음이 나왔다.

＊　　　　＊　　　　＊

알고 보니, 박영호는 SNS에 잔뜩 쌓인 홍삼 세트 사진과 함께 글귀를 올린 상태였다.

[올해는 약 빨고 금메달 딴다. 포부란 바로 이런 거다.]

더 이상 무슨 포부를 가져야 하는지 모르겠다는 이신에게 내던진 도전장이었다.

그리고 이신을 목표로 이번 시즌에 임하는 선수는 박영호뿐만이 아니었다.

"박영호 선수와 이신 선수를 꺾기 위해 왔습니다."

광기신족 최영준.

한국을 떠나 상하이 텐화 게임단에 입단한 그가 새 시즌을 앞두고 포부를 밝혔다.

한국 최고의 신족 플레이어로, 이신이 없었을 때는 박영호와 함께 '쌍영'이라 불리며 한국 무대를 휩쓸었다.

재작년 월드 SC 그랑프리 개인전에서도 동메달을 딴 경력이 있기 때문에 중국 리그에서도 인지도가 있었다.

상하이 텐화 게임단은 최영준이 상대전적에서 박영호보다 우세하다는 점을 내세우며 팀의 에이스로 밀어주었다.

중국 무대에 새로이 입성한 한국 선수는 최영준뿐만이 아니었다.

2부, 3부 리그에도 한국 선수들이 여럿 진출했다.

비록 하위 리그지만 내로라하는 재벌들이 구단주로 있어 자금력은 넘쳐났다.

SC스타즈가 두 한국인 선수로 재미를 보자 덩달아 한국 리그에서 선수를 사오기 시작한 것이다.

하지만 가장 주목할 만한 이적은 단연 상하이 게이밍이었다.

SC스타즈의 라이벌인 상하이 게이밍은 신지호를 영입했다.

소문에 따르면 상하이 게이밍은 신지호뿐만이 아니라, 미국 최고의 선수인 마이클 조셉 영입까지 타진했다고 한다.

물론 팀 크라이시스의 완강한 반대에 부딪쳐 실패했지만 말이다.

뿐만 아니라 여기저기서 그 나라의 슈퍼스타라 할 만한 선수는 다 건드렸다는 소문이었다.

SC스타즈에게 계속 밀려서 두 번째로 떨어진 상하이 게이밍은 초특급 외국인 용병에 혈안이 되어 있었다.

하지만 결국 영입은 신지호로 그쳤다.

이신에 대적할 수 있는 선수는 몇 없었고, 그럴 수 있는 선수 대부분은 각자의 소속 팀에서 결코 내주지 않았다.

신지호도 최영준과 마찬가지로 프로리그 시작을 앞두고 인터뷰를 했는데, 역시나 이신에 대하여 적개심을 드러냈다.

"복수할 상대가 두 명 있는데, 하나는 그랑프리 8강에서 만났던 지우펑 선수이고 또 하나는 한국 개인리그 결승전에서 봤던 이신입니다."

신지호는 중국 팬들로부터 큰 호응을 얻었다.

의외의 인기에 신지호 본인도 의아할 정도였다.

사실 중국 팬들에게 신지호는 그저 생소한 한국 선수가 아니었다.

바로 월드 SC 그랑프리 개인전 8강에서 중국 대표였던 지우펑의 적수였으니까.

두 사람은 5세트까지 가는 접전을 치렀는데, 악착같이 버티며 이기기 위해 싸웠던 신지호의 투지는 지우펑을 응원했던 중국 팬들에게도 깊은 인상을 남겼었다.

그리고 한국에서 이신과 싸운 결승전도 알려지면서 실력 있는 선수로 각인되었다.

―신지호는 좋은 선수야. 실력에 비해 몸값도 아직 저렴하고. 상하이 게이밍이 영입을 잘했어.

―한국의 개인리그에서 러너도 이긴 적 있어. SC스타즈와 맞붙는데도 지우펑이나 러너, 리우는 상대할 수 있다는 뜻이지.

―이제야 카이저, 러너, 지우펑, 리우 중 한 명을 상대할 수 있는 선수가 상하이 게이밍에 생긴 거냐? 휴…….

―어이, 말은 바로 하자고. 카이저는 아무도 못 이겨.

―우리도 SC스타즈처럼 돈을 펑펑 썼어야 했어. 저놈들 좀 봐! 돈으로 신도 모셔왔잖아.

―카이저는 장양의 가문과 친하잖아. 장양의 가문은 SC스타즈의 최대 스폰서지. 아마 장양도 조만간 SC스타즈로 올 걸?

―우와, 장양까지? 그럼 SC스타즈는 완전히 올스타가 되는 거네. 하하,

나 그냥 상하이 게이밍 팬 때려치울래.

신지호에 대한 상하이 게이밍 팬들의 반응은 나쁘지 않았다.

다만 아직도 SC스타즈에 대적하기에는 전력이 부족하다고 불만을 드러냈다.

지난 전기리그는 SC스타즈에게 우승을 내주었다. SC스타즈를 만날 때마다 완패를 당했다.

이제 곧 시작되는 후기리그도 우승을 못하면, 월드 SC 그랑프리 단체전의 출장 티켓을 또 놓치게 된다.

한편, 중국 프로리그에는 한국인 선수가 또 등장했다.

"가장 존경하는 선수는 이신 선배님이고, 가장 꺾고 싶은 선수도 역시 이신 선배님입니다. 제가 이기지 못할 이유는 없다고 봅니다."

그렇게 다소 도발적인 인터뷰로 갑자기 주목받은 한국 출신 선수의 이름은 박이현.

중국에서는 'lightning'이라는 닉네임으로 알려진 19세의 어린 선수였다.

종족은 신족.

아마추어 고수로 한국 서버에서 유명세를 떨치다가, 영악하게도 중국 서버로 옮겨 가 활동을 했다. 돈 많은 중국 프로 팀의 눈에 들기 위해서였다.

결국 3부 리그의 팀에 영입되어서 활동했는데, 2년간 프로 생활을 하면서 실력이 쑥쑥 성장하여서 나중에는 3부 리그를 휩쓸다시피 했다.

그러다가 이번 시즌에 다롄 소울즈라는 중국 1부 프로리그의 팀으로 이적하게 된 것이다.

이신도 e스포츠 관련 뉴스를 쭉 훑다가 그 이름을 처음 발견했다.

"뭐야 이건?"

이신이 의아함을 드러냈다. 박영호도 잘 모르는지 어깨를 으쓱했다.

"3부 리그에서 뛰다가 다롄 소울즈에 이적했대."

"못 들어본 이름인데."

"아예 프로 데뷔를 중국에서 했는데 형이 알 리가 있냐?"

"한태곤 감독과 비슷한 케이스군."

제로섬이라는 닉네임으로 중국 무대를 주름잡았던 한태곤 감독.

중국 e스포츠 뉴스에는 '라이트닝'이라고 알려진 박이현도 그처럼 돈이 많은 중국 팀에 일찌감치 뛰어든 케이스이리라.

"나도 요번에 인터뷰 보고서 좀 알아봤는데, 난 쟤 별로더라."

"왜?"

"좀 기회주의자 같은 놈이야."

박영호는 눈살을 찌푸리며 이야기했다.

본래 중학생 시절부터 한국 팀인 정진실업에서 연습생 생활을 했다고 한다.

그곳에서 배우며 실력을 쌓은 덕에 한국 서버에서 아마추어 고수로 명성을 날릴 수 있었는데, 정작 프로 데뷔는 하지 않고 연습생 생활을 훌쩍 관둬 버렸다고 한다.

프로게이머를 관둔 줄 알았는데, 알고 봤더니 중국 서버에서 활동해서 명성을 얻은 다음 중국의 3부 리그 팀의 입단 제의를 받아 계약했다.

고등학교 진학을 포기하고 중국에서 프로 생활을 시작한 결과, 2년 만에 3부 리그 최고의 선수로 성장했다.

그러고는 다시 팀을 버리고 메이저인 1부 리그에서 활동하는 다롄 소울즈와 계약을 했다는 것이었다.

스트리밍 방송도 하는데, 처음에는 인기가 없었지만 점점 인지도를 쌓아서 지금은 그럭저럭 시청자 수가 늘었다고 한다.

그런데 시청자를 끌어모은 방식도 조금 독특했다.

"그놈 만날 '카이저를 꺾어라' 라는 타이틀 해놓고 방송하던 놈이라더라."

"날?"

"방송 할 때면 늘 형만 찾아다니면서 대전 신청을 했대. 형 이용하면 금방 주목받을 수 있으니까. 이번 인터뷰도 의도는 뻔

하지."

기회주의자라고 박영호가 싫어할 만도 했다.

이신은 곰곰이 생각하다가 기억을 떠올렸다.

그러고 보니 'lightning'이라는 아이디를 가진 유저와 온라인에서 자주 마주쳤던 것 같았다.

실력이 제법 괜찮아서 손 풀기 상대로 제격이었기 때문에 자주 했던 듯했다.

"개였구나."

"기억나?"

"응, 실력은 괜찮았어."

10판 중 3판 정도는 이신도 지곤 했다.

왜냐면 손을 풀 땐 인류가 아닌 서브 종족을 골라서 했기 때문이다.

그러나 서브 종족이라고는 해도 이신의 신족·괴물은 강했다. 그런 이신에게 대략 3할이라니 제법 재능이 있는 셈이었다.

물론 손 풀기가 아니라 진지하게 상대해 준다면 이야기가 달라지겠지만 말이다.

이신은 박이현이라는 어린 선수의 기사를 읽어보고는 피식 웃었다.

"난 마음에 드는데."

"뭐야? 저런 놈이 왜?"

"노력하잖아."

"노력?"

"이 인터뷰를 봐봐."

뉴스 안에 있는 인터뷰 동영상을 재생시켰다.

'라이트닝' 박이현이 중국어로 유창하게 이신을 꺾고 싶다는 당찬 포부를 밝히고 있었다.

"2년 만에 이 정도로 중국어를 한다는 게 무슨 뜻인 거 같아?"

"…노력했네?"

"그래. 어린 나이에 중국에서 선수 생활을 하겠다는 결정을 내리는 것도 쉬운 일은 아니었겠지."

이신의 눈에는 간절히 성공을 바라고 독하게 노력하는 어린 후배로 보였다.

원체 잘나서 남을 시기해 본 적이 없는 이신은 박이현에 대해서도 나쁜 감정이 일어나지 않았다.

자신에게 도발적인 도전장을 던져도 그랬다.

오히려 얼른 자신을 위협할 정도로 성장하라며 흐뭇한 시선으로 바라볼 뿐!

저 정도의 실력에 중국어까지 공부하려면 얼마나 힘들었을지, 박이현의 야망과 그것을 이루려 하는 노력과 성향이 빤히 들여다보였다.

'이렇게 계속 어린 선수들이 나타나겠지.'

상당 시간 선수 생활을 한 이신은 누구보다도 그 이치를 체감했다.

자신이 알던 선수들은 하나둘 나이 들어 무대 밖으로 사라졌고, 젊고 야망 많은 어린 선수들이 그 빈자리를 채웠다.

그것을 몇 번이고 보았다.

그런 와중에 오직 이신 자신만이 시간이 멈춘 것처럼 변함없이 권좌에 앉아 있을 뿐이었다.

이신에게 도전장을 던지는 어린 선수들은 중국에만 있는 게 아니었다.

중국보다 앞서 시작된 한국의 전반기 프로리그.

첫 번째 경기를 치른 올도어SCC가 쌍성전자를 상대로 3-0 압승을 거두었다.

최영준, 신지호가 모두 빠져나간 바람에 전력이 약화된 쌍성전자는 장양, 차이, 유진영을 줄줄이 앞에 배치한 올도어SCC에게 치욕적인 완패를 당해야 했다.

그날 경기의 MVP로 선정된 차이는 언제나 그렇듯 여유 있는 표정으로 인터뷰를 했다.

"선생님 목에 금메달이 너무 많이 걸려 있잖아요. 그중 하나는 제가 가져올 생각입니다. 너무 오래 기다리시게 해서 죄송스러운 마음이랄까요?"

어디서 저렇게 생겨먹은 꼬맹이가 있는지 능글맞고 자신만만했다. 그런 차이의 캐릭터를 좋아하는 팬들이 많았다.

아무튼 차이는 물론이고 장양도 금메달을 노리고 있는 건 마찬가지.

잠시 자리를 비운 1년 사이에 나타난 신흥 강자들을 죄다 꺾어놨더니, 어느새 새로운 세대들이 또 고개를 내밀고 도전장을 줄줄이 던진다.

'그래, 이런 바닥이었지.'

이신은 미소를 지었다.

[더 이상 오를 곳이 없었을 때, 그때도 과연 너는 지금과 같은 생각을 할 수 있을까?]

문득 머릿속에 떠오른 어떤 음성.

까닭 없이 종종 떠오르는 이 질문에 대한 답을 이제는 조금 알 것 같았다.

'내가 기다려 주마.'

이제는 알았다.

아직 자신의 인생은 완성되지 않았음을.

최고인 채로 은퇴한다는 것은 아직 여력을 다 쏟지 못하고 물러났다는 뜻.

그것은 결코 완성이 아니다.

'너희가 날 끌어내릴 때까지 내가 좀 더 여기 있어주마.'

이신은 한 번 더 힘을 내기로 했다.

노력이란 싫어도 해야 할 때 가치가 있는 법.

이신은 노력에 매우 익숙했다.

제7장

대가

SC스타즈의 첫 경기 상대는 다롄 소울즈였다.

다롄 소울즈는 중국 1부 리그 가운데서는 약팀에 속했다.

당연히 SC스타즈의 압도적인 경기력을 감상하는 것 외에는 큰 관심을 못 받았을 매치였다.

하지만 지금은 팬들의 흥미를 끄는 화제가 꽤 있었다.

[제가 이기지 못할 이유는 없다고 봅니다.]

3부 리그를 휩쓸고서 다롄 소울즈에 이적한 신예 '라이트닝'

박이현이 이신에 대하여 당돌한 발언을 한 것.

물론 이신을 도발한 선수는 하도 많아서 여기까지는 그다지 큰 화젯거리가 아니었다.

하지만…….

[응, 이유 많아.]

박이현의 인터뷰 기사 링크와 함께 저 한마디를 SNS에 던진 장본인은 바로 박영호였다.

장난기가 많아서 자주 이슈를 불러 모으는 박영호가 이번에도 사람들의 흥미를 끈 것이다.

박이현도 SNS를 하고 있었고, 거기서 화제를 모을 수 있는 글을 하나 더 올렸다.

그것은 바로 예전에 이신과 온라인에서 손 풀기 게임을 했을 때 채팅을 주고받은 스크린 샷이었다.

―Lightning: 안녕하세요, 이신 선배님. 전 박이현이라고 합니다.

―Lightning: 늘 존경했는데 이렇게 게임하게 돼서 너무 영광이에요.^^

―Lightning: 선배님의 주 종족과 붙어보고 싶었는데 아쉽게도 마물이시네요ㅠㅠ

―Player_SIN: 제가 선배입니까?

―Lightning: 네, 물론이죠. 말씀 편하게 하세요.^^

―Player_SIN: 그럼 시끄럽고 게임이나 해.

―Lightning: ······.

―Lightning: 네ㅠㅠ

한결같은 이신의 성격이 담긴 스크린 샷이었다.

이날의 굴욕을 갚아주겠다는 뜻이 담긴 SNS였다.

박이현이 올린 글은 즉각 화제가 되었고, 네티즌들이 수없이 공유를 하며 낄낄거렸다.

"정말 훌륭한 관심 종자다."

이쯤 되면 박영호도 엄지를 추켜세우며 인정할 수밖에 없었다.

"이 자식, 나랑 같은 과라 더 재수 없어."

이날을 위해 아껴놓은 스크린 샷을 절묘한 타이밍에 터뜨린 박이현.

덕분에 다렌 소울즈와 SC스타즈의 경기는 더욱 기대를 받게 되었다. 무명 신예인 박이현이 과분한 주목을 받게 되었음은 물론이었다.

"이제 어쩔 거야? 실수로 지기라도 하는 날에는 난리가 날 텐데."

박영호의 장난 섞인 질문에 이신은 그저 웃어 보였다.

이제 박이현은 이신이 나올 가능성이 높은 맵을 골라서 출전할 것이다.

그리고 깜짝 전략을 준비해서 어떻게든 이기려 들 터.

이길 수만 있다면 박이현은 단번에 스타가 된다. 이신과 엮일 수 있는 스토리가 생기게 되니 말이다.

이를 의식한 것일까.

왕춘 감독이 이신을 찾아와 제안했다.

"팬들도 기대하는 것 같고, 폼도 생각보다 좋으시던데, 출전하실 생각이 있으십니까? 물론 내키지 않으시면 말씀하십시오."

왕춘 감독이 의향을 묻자 이신은 쾌히 승낙했다.

"하죠."

"그럼 1세트 천상의 갈림길에 출전하시죠."

가장 무난한 4인용 맵이었다.

지난 전기리그 때 이신이 가장 많이 출전한 맵이기도 했다.

다롄 소울즈 측에서도 충분히 이신이 출전할 거라고 예상할 수 있을 터였다.

이신은 고개를 끄덕였다.

모든 맵이 다 그렇지만, 특히 천상의 갈림길은 하도 많이 분석하고 연습했던 맵이라 특별한 준비도 필요 없었다.

천상의 갈림길에서의 최다 승, 최고 승률, 최다 출전 등 모든 기록은 이신의 이름으로 도배가 되어 있었다.

막말로 이신은 눈 감고도 플레이 할 수 있는 맵!

이신을 잡으러 이 맵에 나온다는 것은 지옥문에 발을 내딛는 꼴이나 마찬가지였다.

하지만 그래도 박이현은 아마 이신을 이기러 이 맵에 뛰어들 터였다.

그만한 야망과 승부 근성이 있으므로 분명히 그리할 거라고, 이신도 왕춘 감독도 예상하고 있었다.

"그래도 혹시 모르니 신족이 출전하기 좋은 맵에 러너를 출전시켜야겠군요."

왕춘 감독은 웃으며 덧붙였다.

이신 대 박이현.

그게 불발되더라도 박영호 대 박이현 정도는 성사되어야 팬들도 좋아하지 않겠냐는 의미였다.

어쨌든 엔터테인먼트이니 팬들의 즐거움을 가장 중시하는 건 당연했다.

다렌 소울즈도 확실히 박이현을 이신과 붙이고 싶어 한 듯했다.

경기 전날 공표된 출전 명단에 라이트닝이라는 닉네임이 당당히 1세트에 올라가 있었다.

카이저 대 라이트닝.

팬들의 관심이 고조된 가운데, 마침내 경기 당일이 되었다.

"오늘 컨디션은 어떻습니까?"

경기장 앞에 모인 중국의 e스포츠 전문 기자들이 이신에게 질문공세를 펼쳤다.

이신은 중국에서도 엄청난 팬덤을 거느린 슈퍼 스타였다.

"나쁘지 않습니다."

"인공지능과의 대결 이후로 정신적으로 슬럼프를 겪고 계신다고 들었는데요?"

"심리 상태와 상관없이 제 경기력은 언제나 일정합니다."

"일각에서는 은퇴하는 게 아니냐는 추측도 오갔는데요?"

다소 예민한 질문이 찔러 들어온다.

잇달아 선수로서의 흥미가 사라진 듯한 이신의 발언 탓에 팬들 사이에서 그런 불안감이 생긴 터였다.

이신은 조금의 망설임도 없이 답했다.

"은퇴하기 전에 아직 할 일이 남았다고 생각합니다."

"그게 뭡니까? SC스타즈의 그랑프리 단체전 금메달입니까?"

이신은 고개를 저었다.

"지금껏 절 실망시킨 도전자들에게 더 기회를 주고 싶습니다."

실망.

그것은 이신의 절대 권좌를 넘보는 적수들에 대한 강력한 도발이었다.

"더 이상 최고가 아닐 때까지 계속 프로게이머로 있겠습니다."

오, 하는 탄성이 터져 나왔다.

누가 감히 저런 오만한 말을 할 수 있을까?

이 세상에서 오직 카이저만이 그럴 수 있었다.

팬들을 더 열광케 하고, 안티 팬들이 증오하게 한다.

좋은 싫든 e스포츠는 이신 때문에 웃고 울었다.

"오늘 상대인 라이트닝을 어떻게 생각하십니까?"

오늘 경기에 대한 질문이 나왔다.

이신은 잠시 박이현에 대해 생각했다.

이 영악한 후배 녀석은 오늘 자신에게 유리한 판을 깔았다.

이기면 더없이 좋고, 지더라도 좋은 경기력만 보여주면 팬들에게 어필한다.

패배하면 이름에 스크래치가 나는 이신과 달리 여유가 있는 것이다.

가진 것 없는 신예의 패기는 이래서 무서운 법이었다.

'안 되지.'

이신은 미소를 지었다.

'너도 지면 뼈아파야지. 그래야 재미있지.'

이신이 입을 열었다.

"센스 있는 플레이를 할 줄 압니다. 몇 가지 단점만 고치면 절

운운할 자격이 생길 겁니다."

이어서 말했다.

"광신도 컨트롤이 아쉬운 점, 예측하지 못한 상황에서의 임기
응변이 부족한 점, 큰 전투에 약한 점. 이 세 가지를 보완하면
좋은 적수가 될 겁니다. 건투를 빌죠."

박이현에게 폭탄을 던진 후, 이신은 유유히 경기장으로 들어
갔다.

뒤따르던 박영호가 전담 통역사를 통해 그 말을 듣고는 치를
떨었다.

"사악해. 악마 그 자체야."

프로게이머는 자존심이 세다.

자신의 플레이에 대해 지적을 받는 걸 무지 싫어한다.

특히 전문가도 아닌 네티즌들의 지적질을 세상에서 제일 싫
어한다.

그런데 이신은 공개적으로 네티즌들이 지적질할 떡밥을 던져
버린 것이다.

"정말 싫어. 실력도 성격도 마귀 같아."

리우도 질색하기는 마찬가지였다.

이제 박이현은 경기에서 패배할 때마다 저 소리를 네티즌들
에게 들을 것이다.

다른 누구도 아닌 이신의 지적이라 공신력이 있다.

질 때마다 배알이 꼬이는 패배의 괴로움을 맛보게 되는 것이다.

거기다가 앞으로 만날 상대들도 이신의 저 지적 사항을 중점적으로 공략하려 들 게 아닌가!

'모든 일에는 그만한 대가가 있는 법이지.'

동료들과 함께 경기장에 입장하면서 지우펑은 생각했다.

라이트닝이라는 한국 출신 신예는 똑똑하게 이신을 이용하여서 눈길을 끌었다.

실력도 실력이지만 팬들의 관심이 필요한 프로게이머이니, 그게 나쁘다고 보지는 않는다.

다만 문제는 이신도 별로 착한 인간이 아니라는 것.

자신을 향한 도발에 대하여 관대하지만, 그에 합당한 대가 또한 되돌려주는 인간이었다.

이제 라이트닝도 심장이 쫄깃해졌을 거라고 지우펑은 어렵지 않게 짐작했다.

*　　　　*　　　　*

이신을 동경한다는 말은 거짓이 아니었다.

흔히 그렇듯 박이현도 이신을 동경하고 프로게이머의 길에 뛰어든 전형적인 이신 세대였다.

스타가 되어 주목받길 원하는 성격인 탓에 더더욱 이신의 화려함에 홀렸다.

나도 저렇게 되고 싶다.

그 강한 욕망이 고된 노력을 참아내며 여기까지 오게 만든 원동력이었다.

약팀인 탓에 여건도 좋지 않은 정진실업에서의 연습생 생활은 무척 힘들었다.

예전과 달리 많이 개선됐다고는 하지만, 그건 어디까지나 메이저 팀들의 얘기였다.

정진실업 같은 가난한 약팀은 여전히 힘들었다.

그래서 한국 데뷔를 포기하고 중국행을 택한 자신의 판단이 옳았다고 확신했다.

적성 탓에 종족은 신족을 고를 수밖에 없었지만, 어느 날 이신이 공식전에서 신족을 플레이할 땐 기뻐서 미칠 것만 같았다.

재빨리 이신의 신족 플레이를 전부 흡수하여서 자신의 것으로 만들었다. 덕분에 플레이가 점점 화려하고 날카로워졌다.

이신의 거침없는 발언을 동경하여서 쇼맨십을 키웠고, 유창하게 외국어를 구사하는 이신의 모습에 충격받아 중국어에 피땀 흘려 매진했다.

그리고 오늘.

자신을 향한 이신의 칼날 같은 인터뷰를 듣고는 섬뜩한 기분이 들었다.

하지만 기뻤다.

박이현의 단점을 지적한 저 인터뷰의 기저에는, 이신 자신 또한 지면 후폭풍을 더 감당해야 하는 리스크가 있었다.

같이 리스크를 짊어진 채, 자신을 상대로 봐준 것이다.

그냥 스쳐 지나가는 상대들 중 하나로 흘려 넘기지 않고 말이다.

'반드시 이기겠어.'

매니저가 세팅을 준비해 준 부스 안에 들어온 박이현은 차음 헤드셋을 끼고 세팅 점검을 마무리했다.

'당신이 지적한 단점들. 그것만 극복하면 자격이 생긴다고 했지?'

그렇다면 나중을 기약할 것도 없이, 바로 이 자리에서 증명해 줄 생각이었다.

자신이 부족함 없는 적수라는 것을 말이다.

이신 측도 준비가 끝났는지 스태프가 들어와 시작해도 되냐는 의향을 물었다.

박이현은 고개를 끄덕였다. 이 순간을 오랫동안 기다려왔다.

1세트, 천상의 갈림길.

그를 천상에 올려줄 수도, 혹은 이카로스처럼 추락시킬 수도 있는 갈림길이었다.

*　　　　*　　　　*

경기가 시작되었다.

그리고 시작된 지 얼마 되지 않아 경기장에 환호성이 울려퍼졌다.

왜냐하면 박이현의 신도가 맵 센터로 가더니 건물을 지어 올렸기 때문이다.

―라이트닝, 센터 참회실! 초반에 광신도 푸시로 압박할 생각입니다!

―카이저의 지적했던 광신도 컨트롤을 한번 보여주겠다, 이건가요? 하하, 재미있습니다!

―참 패기 넘치는 선수죠.

그리고…….

"쯧쯧."

박영호는 안타깝다는 듯이 혀를 찼다.

이른 초반에 이신에게 소수 유닛 컨트롤 싸움으로 덤빈다?

"그건 나도 못 하는 짓이란다, 얘야."

박영호는 혀를 차며 박이현의 명복을 빌어주었다.

*　　　　*　　　　*

—라이트닝, 정찰 운이 좋습니다. 한 번에 카이저의 진영 발견!

박이현은 정찰 보낸 신도로 이신의 진영 내부를 둘러보고 있었다.

이신은 평범하게 병영과 광산을 건설 중이었다.

이신도 건설로봇 1기를 정찰 내보냈다.

정찰 방향이 특이했다.

곧장 대각선으로 맵을 가로지르고 있었던 것이다.

—오? 카이저는 대각 방향부터 정찰을 갑니다. 저러다 센터에 지어진 참회실을 발견하겠는데요?

—아, 경로상 살짝 빗나가겠네요.

그대로 쭉 간다면 참회실을 아슬아슬하게 보지 못하고 지나칠 경로였다.

하지만 맵 센터를 지날 때, 건설로봇은 방향을 돌렸다.

센터 인근을 둘러보기 시작하는 것이었다.

마치 센터 참회실 전략이라고 누군가한테 귀띔이라도 들은 듯이 말이다.

—하하, 저게 뭐냐면 말이죠! 참회실 어디다 지었는지 찾고 있는 겁니다! 내 말에 자극받아서 센터 참회실 전략을 선택했을 거라고 확신한 거죠!

―상대의 심중을 꿰뚫고 있습니다. 부처님 손바닥 안이에요.

감탄을 자아내는 장면이었다.

광신도 컨트롤 미숙을 공개적으로 지적했던 이신.

자극받은 박이현은 보란 듯이 센터 참회실 전략을 써서 광신도 컨트롤을 보여주겠노라고 나왔다.

하지만 이신은 그 심리를 예상하고는 센터 부근을 뒤져 몰래 지어진 참회실을 발견했다.

―발견했습니다!

―하하, 찾았어요.

확신에 찰 정도로 상대의 심리를 정확하게 파악하고 있는 이신이었다.

그때 양 선수의 얼굴이 잇달아 대형화면에 비춰졌다.

나직이 한숨을 머금는 박이현.

그리고 그럴 줄 알았다는 듯이 웃고 있는 이신이 나타나자 관객들이 환호했다.

"와아아!"

"카이저! 카이저!"

"꺄아악!"

―오랜만에 즐거워하는 카이저의 모습이 보기 좋습니다.

―심리적으로 지친 모습이 보였는데 이제 한결 나아진 모습이네요.

팬들은 경기 중에 이신의 얼굴을 보는 걸 좋아했다.

워낙 잘생기기도 했지만, 포커페이스인 평소와 달리 게임 중에는 종종 표정에서 감정이 드러나기 때문이었다.

집중한 표정.

격렬한 싸움을 펼치는 표정.

그중에서도 백미는 바로 지금처럼 심리전에서 상대를 이겼을 때 웃는 얼굴이었다.

─자, 라이트닝은 어쩔 수 없습니다.

─이왕 칼을 뽑았으니 일단 달려야 합니다!

첫 생산된 광신도가 이신의 진영을 향하여 출발했다.

의도는 들켰지만 이렇게 된 이상 멈출 수 없었기 때문이다.

이신은 건설로봇을 방어에 동원하지 않았다.

그냥 광신도가 본진 안에 들어오게 놔두었다.

그럴 필요도 없다는 뜻!

건설로봇들은 여전히 자원을 캐는 데 집중했고, 오직 보병 1명으로 광신도와 싸운다.

─투타타타!

보병이 총을 쏘고 피하고를 반복했다.

심시티를 활용하여서 건물 틈새를 빠져나가며 계속 총을 쐈는데, 상대적으로 덩치가 큰 광신도는 건물 틈새를 드나들 수 없어서 이러지도 저러지도 못했다.

정찰 온 신도도 가세했는데, 이신도 건설로봇 2기를 동원하여 맞섰다.

건설로봇들이 신도를 공격하다가 광신도의 앞을 가로막기도 하고, 공격받으면 뒤로 빠졌다.

광신도가 체력이 닳은 건설로봇을 쫓아다녔으나, 오히려 미끼를 쫓아다니다가 보병의 총격에 일방적으로 얻어맞았다.

─라이트닝의 광신도가 제대로 한 방 때리지를 못하고 있습니다!

─예, 자주 보셨던 장면이죠? 카이저의 건설로봇이 절대 안 죽는 거요.

긴장감 넘치는 컨트롤 싸움이 이어지자 해설진들도 신이 나서 중계했다.

보병이 하나 더 생산됐고, 박이현의 광신도도 추가로 도착했다.

하지만…….

─투타타타!

─으악!

앞서 왔던 첫 광신도는 끝내 보병들의 집중사격에 죽어버렸다.

남은 광신도 하나가 맹렬하게 달려와 칼을 휘두르려 했지만, 두 보병은 양방향으로 흩어져서 달아났다.

하나를 쫓으면 다른 하나가 총을 쏘고, 타깃을 바꾸면 또 다른 보병이 공격하며 약 올렸다.

—으악!

이번에는 신도도 죽었다. 건설로봇 2기에게 협공당해 죽은 것이다.

박이현의 표정이 점점 안 좋아졌다.

센터 참회실 전략을 시도하면서 가난한 출발을 했고 광신도 1기와 신도 1명까지 잃었는데, 보병은커녕 건설로봇 1기도 못 잡았다.

이신의 보병은 이제 3명으로 늘었다.

대체 어떻게 되먹은 컨트롤인지 3명이 각기 따로 살아 있는 것처럼 일사불란하게 움직였다.

보는 입장에서는 열광했는데, 직접 상대하니 숨이 턱 막혔다.

박이현은 결국 광신도 푸시를 포기했다.

—으악!

이신은 도망치려는 광신도 하나마저 집요하게 쫓아가 잡아냈다.

—저, 정말 대단합니다!

—완벽하게 막았죠!

—예, 완벽 그 자체입니다. 하나도 안 죽었고, 디펜스에 동원한 건설로봇 숫자도 별로 없어요.

나머지 건설로봇들은 꾸준히 일을 하고 있었으므로, 자원 상황은 이신이 박이현보다 훨씬 부유했다.

완공된 기갑정거장에서 고속전차 1기가 생산되었다.

보병은 6명까지 늘어났다.

거기에 기동포탑 1기도 추가되자, 이번에는 이신이 역습에 나섰다.

그때, 박이현도 거신병기 몇 기를 보유하고 있었지만 정면 승부를 시도하기에는 턱없이 부족했다.

거신병기로 이신의 진격을 지연시켜 시간을 벌어야 했다.

시간을 벌지 못한 채 앞마당 앞까지 적이 들이닥치면, 그대로 봉쇄를 당해 게임이 끝나 버린다.

─카이저가 곧바로 역공에 나서는데요.

─페이크 더블이죠. 라이트닝은 거신병기를 최대한 잘 컨트롤해서 보병 숫자를 줄여줘야 합니다.

─실패하면 그대로 봉쇄당하고 승부가 끝납니다!

─거신병기 컨트롤에 모든 게 달렸습니다! 광신도 컨트롤에 이어서 이번에는 거신병기 컨트롤 솜씨가 시험대에 올랐습니다!

박이현은 그야말로 이를 악물고 싸웠다.

그것은 일종의 반전이었다.

앞서 광신도 컨트롤은 1킬도 못한 채 막혀 버리는 굴욕을 입었던 박이현.

그러나 거신병기를 잡은 순간, 그는 전혀 다른 사람이 되었다.

―펑!

―퍼펑!

―으악!

거신병기들은 업그레이드되어 보병보다 더 긴 사거리를 이용하여서 싸웠다.

이신은 6명의 보병들을 방패막이 삼아 기동포탑을 전진시켰다.

여기서 앞마당까지 밀리기 전에 보병의 숫자를 충분히 줄이지 못하면, 앞마당이 그대로 봉쇄당해 버린다.

이신은 이신대로 고속전차와 건설로봇도 1기씩 대동한 채 컨트롤하는 자신만의 개성을 보였다.

건설로봇이 뒷걸음질 치며 물러서는 거신병기의 무빙을 방해하기 시작했다.

보병들은 미끼가 되어서 거신병기들을 끌어들이고 뒤따르는 기동포탑이 퉁퉁 통상 공격으로 체력을 야금야금 깎는다.

그러나 박이현의 거신병기는 거의 신들린 듯한 무빙을 보여주었다.

길을 방해하는 건설로봇을 피해 좌우로 현란하게 움직이며 꾸준히 보병을 공격했다.

무빙 컨트롤이 계속 성공하면서 보병 숫자가 현저히 줄어들었다.

"오오!"

"잘한다!"

광신도 때와는 전혀 다른 박이현의 현란함에 관객들이 감탄했다.

그사이에 이신이 함정을 하나 만들었다.

배후로 침투한 고속전차가 지뢰 2개를 겹쳐서 심어 버린 것이다.

거신병기들이 물러서다가 밟아버리도록 말이다.

—카이저가 함정 포석을 하나 뒀습니다!

—지뢰 2개를 한 지점에 겹쳐 심었죠. 저거 굉장히 위험합니다!

—라이트닝도 고속전차가 배후에 지뢰를 심었다는 사실은 알고 있겠죠. 하지만 1개 정도만 깔았다고 생각할 겁니다. 지뢰 1개 정도면 터지기 전에 일점사 컨트롤로 제거할 수 있거든요!

—하지만 그 심리를 노리고 겹쳐 심기! 컨트롤로 제거하려 들다간 거신병기들이 몰살당합니다!

보통 이 타이밍에 지뢰는 방어를 위해 쓰는 게 보통이었다.

신족을 몰아붙이면서 그 틈에 안전하게 앞마당 확장 기지를 짓는다.

그리고 물러설 때 신족이 쫓아오며 역습을 하지 못하도록 지뢰를 길목에 심어 디펜스를 하는 것.

하지만 이신은 그것을 거꾸로 했다.

지뢰를 방어가 아닌 공격에 썼다.

앞마당 확장 기지도 가져가지 않았다.

―카이저는 지금 앞마당 확장 기지를 짓지 않습니다. 오히려 병력을 더 뽑고 있죠?!

―그냥 끝내 버릴 심산입니다. 승부를 볼 기회를 본 카이저는 득달같이 덤벼들죠!

이신은 앞마당 확장 기지를 구축하는 대신, 오히려 병영을 추가로 건설하고 있었다.

기병 전략!

기동포탑+보병으로 신족이 가장 약한 타이밍에 승부를 보겠다는 의도였다.

이신의 무서운 타이밍 감각.

조금이라도 기회가 보이면 득달같이 덤비는 사나운 플레이 스타일이었다.

그러는 한편,

―라이트닝의 위기! 과연 저 겹쳐 심은 지뢰를 알아차릴 수

있을까요?

—못 알아채면 끝납니다. 지금 카이저는 앞마당도 없이 타이밍을 노리고 있거든요!

지뢰 2개를 겹쳐 심은 포인트로 거신병기들이 접근하고 있었다.

긴장되는 순간!

거신병기들은 거기서 뒷걸음질을 멈췄다.

좌측으로 방향을 돌려서 후퇴했다.

—피했습니다!

—라이트닝, 지뢰가 그쯤에 있을 걸 알아요. 지뢰를 제거하기보다는 안전하게 가기로 했습니다.

—정말 좋은 결정이죠?

—예, 무리했다가 실수라도 하면 바로 승부를 내주거든요. 신예답지 않게 침착하네요.

거신병기들이 반시계 방향으로 돌면서 계속 보병들을 두들겼다.

놀라울 정도의 무빙에 방패막이 역할을 하던 보병들이 다 죽어 버렸다.

관중들이 그 환상적인 플레이에 환호했다.

기동포탑은 고속전차와 건설로봇과 함께 후퇴.

이제 거신병기들이 기동포탑을 잡기 위해 뒤쫓았다.

하지만 상황은 또 바뀌었다.

이신의 진영에서 많은 수의 보병들이 치고 나온 것이다.

기겁을 한 박이현은 즉각 후퇴.

이신은 다시 밀어붙이기 시작했다.

계속 상황이 바뀌는 역동적인 경기에 관중들은 흥분했다.

필사의 컨트롤을 펼친 박이현의 얼굴도 흥분에 차 있었다.

거신병기 컨트롤은 자신이 있었다.

바로 이신의 신족을 본받았기 때문이다.

지뢰를 모조리 제거해 버리며 현란하게 스텝을 밟던 이신의 화려한 거신병기 무빙!

그것을 따라하고 싶어서 노력했고, 그렇게 거신병기 컨트롤에 통달한 덕에 실력이 부쩍 늘어 이 자리까지 왔다.

그것을 롤 모델인 이신을 상대로 선보이고 있으니 흥분하지 않을 수 없었던 것이다.

한편, 그에 반해 이신은 치열한 게임 상황과 달리 표정에 여유가 넘쳤다.

'이제 슬슬 끝내볼까.'

워낙에 백전노장인 이신은 이 정도 상황에서도 느긋하게 여러 가지 복잡한 생각을 할 정신적인 여유가 있었다.

'3분 안에 끝나겠군.'

박이현의 대응을 유추하며 시나리오를 설계한 이신은 시간까지 예상했다.

'컨트롤 솜씨는 잘 봤다. 제법이더군.'

박이현에게 짧게 칭찬을 해줄 정도로 여유가 있는 이신.

'보답으로 좋은 걸 보여주지.'

여유 가득한 표정과 달리 두 손은 초고속으로 움직였다.

보병을 생산하고,

생산된 보병을 컨트롤하고,

업그레이드를 하고,

기동포탑과 고속전차를 생산하고,

그 와중에 정찰도 한다.

생각하는 대로 게임이 다 이루어지는 전지전능한 느낌이 좋았다. 오늘은 컨디션이 좋은 모양이었다.

그의 APM은 미친 듯이 치솟았다.

전보다 더 손이 빨라졌다는 사실을 이신은 미처 자각하지 못하고 있었다.

*   *   *

신족을 상대로 병영을 늘리고 보병을 뽑은 이상, 중요한 건 스피드였다.

앞마당 확장도 하지 않은 이상, 더더욱 일찍 끝내야 하는 쪽은 이신이었다.

그렇기에 이신은 계속 보병을 생산해 전장에 투입하며 공세를 펼쳤다.

박이현의 거신병기 컨트롤이 펼쳐졌지만, 보병들이 각성제를 흡입하자 더는 무빙을 당기면서 싸울 수가 없어졌다.

'버티면 내가 이긴다!'

박이현은 이신이 먼저 승부수를 띄워주니 오히려 안도했다.

무난하게 갔으면 이신이 계속 리드를 했을 것이다. 최근 신들린 전략성과 판단을 보여주는 이신의 운영을 이길 자신이 없었다.

그런데 이신이 알아서 리스크를 떠안은 채 공격적으로 나와준 것이다.

'앞마당도 없이 보병? 이러면 버티기만 하면 내가 자연스럽게 이기는 거지!'

박이현은 빠르게 판단했다.

일단 모든 병력을 남기지 않고 밖으로 돌렸다.

앞마당에 캐논포를 건설하여서 방어를 해두었다.

'캐논포랑 새로 생산되는 병력으로 시간을 번다.'

밖으로 내보낸 병력은 시간만 벌 뿐 정면충돌은 하지 않고 아껴둘 생각이었다.

그러면서 철갑충차를 생산하기 위한 테크 트리도 진행했다.

그것은 박이현의 승부수였다.

철갑충차가 완성되었을 때, 밖으로 돌려놓은 병력과 함께 양방향에서 적을 덮치겠다는 것.

그렇게 한차례 막아내기만 하면 승리는 시간문제였다.

하지만 박이현이 아직 잘 모르는 게 있었다.

지금과 같은 상황을 수도 없이 경험했던 이신의 관록을 말이다.

*　　　　*　　　　*

보병 뽑으랴, 보병 컨트롤하랴, 이신의 손은 바빴다.

하지만 그런 와중에도 건설로봇 하나를 우회시켜서 박이현의 앞마당을 정찰했다.

앞마당에 캐논포를 짓고 있는 게 보였다.

'철갑충차겠지.'

이신은 박이현의 머릿속이 다 들여다보였다.

캐논포로 디펜스를 보강한 건 시간을 벌겠다는 뜻.

병력을 외부로 돌린 것도 마찬가지의 맥락.

그렇게 번 시간 동안 준비하고 있는 건 단연 철갑충차다. 충격탄 1발에 보병 여럿을 죽일 수 있기 때문이다.

'철갑충차로 방어하면서 동시에 바깥의 병력으로 양방향 협

공을 할 생각이겠지.'

탄탄한 시나리오였다.

캐논포의 숫자도 시간을 벌기에 충분한 숫자로 보였다.

신인답지 않은 침착한 대처는 박수 쳐줄 만하지만, 결국엔 이신이 처음부터 예상한 범위 내였다.

이신은 병영을 늘려 지을 때 이미 박이현이 이렇게 움직일걸 알고 있었다.

그리고 지금부터가 이신의 노림수였다.

이신은 보병 부대와 기동포탑, 고속전차가 조합된 병력으로 박이현의 진영을 향해 똑바로 진격하고 있었다.

박이현은 외부로 돌린 거신병기 부대로 측면과 후방을 치고 빠지는 등 시간을 벌고 있는 현황.

앞마당에도 캐논포와 추가 생산 병력으로 방어가 되어 있어서 박이현도 싸우기에 따라 충분히 해볼 만한 상황이었다.

그때, 이신은 고속전차를 한두 기씩 반대 방향으로 우회시키기 시작했다.

이신의 본진은 5시.

박이현의 본진은 1시.

이신의 병력은 5시에서 1시로 북상하는 중.

그런데 우회시킨 고속전차는 전혀 상관없어 보이는 9시와 11시 방면에 지뢰를 매설하기 시작한 것이다.

—카이저의 움직임이 심상치 않습니다. 고속전차 일부가 반대 방면에 지뢰를 야금야금 매설하고 있어요.

—차라리 지뢰를 수비나 공격에 쓰면 더 좋을 것 같은데, 그래도 카이저이니 무언가 다른 계략이 있는 거겠죠?

—그렇겠죠! 과연 무엇을 보여줄지 기대됩니다.

중국 프로리그의 중계진도 이신의 의도는 알지 못했지만, 적어도 다 생각이 있어서 하는 일이라는 건 아는 눈치였다.

그게 아니면 더 바쁜 와중에 저런 플레이까지 힘들게 병행할 이유가 없는 것이었다.

—그나저나, 화면 상단에 기록되고 있는 카이저의 APM이 심상치 않습니다.

—하하, 예. 저도 아까부터 신경 쓰였는데, 전기리그 때보다 더 높아졌죠?

—인터페이스가 간편해진 영향도 있겠지만, 기분 탓인지 전체적인 플레이 속도가 더 기민해진 느낌이 드는데요.

—이제 성장을 할 나이가 아닐 텐데, 참 경이롭습니다. 이 정도면 예전 전성기 수준인 것 같은데요.

그 말 그대로였다.

경기장을 가득 채운 관객들도 느끼고 있었다.

오늘의 이신은 지난 시즌보다도 더 빠릿빠릿한 속도감을 보여주고 있었다.

오늘이 되는 날이라 그런 것일 수도 있다.

아니면 인공지능과의 대결이 무언가 영감을 주었던 것일지도 모른다.

아무튼 저 나이에 구사할 수 있는 피지컬이라고는 믿겨지지 않았다.

"그냥 종족이 달라."

SC스타즈의 벤치.

선수들이 이신의 경기를 지켜보며 대화를 나눴다.

"인간이 아닌 거지."

"사이어인일 거야."

"난 뱀파이어 설이 그럴 듯한데."

"얼굴도 그대로잖아. 정말로 나이를 안 먹고 있어."

쑥덕거리는 선수들의 잡담을 들으며 코칭스태프도 그저 웃을 수밖에 없었다.

*   *   *

경기가 절정으로 치달았다.

설계를 마친 이신이 마침내 결정적인 행동에 나선 것이다.

박이현의 진영이 있는 1시로 진격하는 이신의 군대.

거신병기들은 그런 이신의 진격에 정면으로 맞서지 않았다.

측면에서 치고 빠지며 진격을 지연시키려 들 뿐이었다.

그런데 그때였다.

이신의 군대가 진격을 중단.

방향을 휙 돌려서 측면에서 치고 빠지기를 하고 있는 거신병기들에게 달려들기 시작했다.

이신이 쫓아오니 거신병기들은 계속 후퇴했다.

'그래, 계속 쫓아와 봐!'

박이현은 희열을 느꼈다.

거신병기들을 먼저 잡겠다고 쫓아오는 이신의 판단은 잘못됐다.

거신병기들은 오히려 미끼가 되어서 이신의 병력을 유인했다.

제한된 타이밍에 전과를 거둬야 하는 이신이 거신병기들을 쫓느라 시간 낭비를 하는 것이다.

'내 거신병기 컨트롤에 부담을 느낀 거야.'

활발하게 치고 빠지며 괴롭힌 거신병기 컨트롤 때문에 정신이 사나워지자 실수를 했다고 박이현은 지레짐작을 했다.

물론 큰 착각이었다.

이신은 옆에서 치고 빠지는 거신병기들 때문에 열받아서 달려든 게 아니었다.

―크아악!

―크악!

각성제를 흡입한 보병들이 계속 위협하며 거신병기들을 지옥으로 몰이를 하고 있었다.

연신 물러나던 거신병기들은, 11시 방면에 매설되어 있던 지뢰군에 걸려 버렸다.

―삐리릭!

―삐릭!

땅속에서 튀어나온 지뢰들!

―퍼어어어어엉!

거신병기들이 지뢰에 휘말려 버렸다.

3기가 격파되고, 나머지도 체력이 깎였다.

'여기에 지뢰가?!'

지금까지의 국면과 전혀 상관없는 곳에 매설된 지뢰 때문에 박이현은 혼란에 빠졌다.

예상 못한 상황에 처하자 우왕좌왕했다.

멘탈이 나가버린 것이다.

―퍼어어엉!

―끼리릭! 끼릭!

―퍼엉!

거신병기들은 계속 이신에게 몰이를 당하며, 11시와 9시 부근에서 지뢰를 계속 밟았다.

―삽시간에 신족 병력이 몰살당했습니다! 카이저의 대승!

—바로 이거였습니다! 이걸 노리고 아까부터 계속 한두 기씩 고속전차를 보내서 여기에 지뢰를 심었던 거예요!

—카이저의 무서운 심계! 이게 즉흥적으로 구사한 계략이었다면, 정말 대단한 선수죠!

—이게 카이저입니다.

이제 이신은 거침이 없었다.

그의 군세가 쏜살같이 박이현의 진영을 향해 달려갔다.

앞마당 앞에 자리를 잡고 박이현의 숨통을 조이기 시작했다.

보병들이 잔뜩 밀집하고, 뒤에서 기동포탑이 포격모드로 자리 잡아 캐논포를 두들기기 시작했다.

박이현은 때마침 나온 철갑충차로 눈물겨운 농성을 펼쳤다.

철갑충차를 수송기에 태웠다가 내렸다가를 반복하며 충격탄을 쐈다.

필사의 컨트롤로 어떻게든 버텨내는 박이현의 분투가 눈부셨다.

하지만 대세는 이미 기운 뒤였다.

박이현을 꽁꽁 봉쇄해 놓은 이신은 그사이에 앞마당과 6시 2곳에 확장 기지를 동시에 구축해 버린 것이다.

박이현은 계속 농성하느라 자원을 소비했다.

이신은 지속적으로 박이현을 괴롭혀주면서 자원 격차를 벌렸다.

ㅡ라이트닝, 최후의 항전을 펼치러 떠납니다!

철갑충차를 태운 수송기 1척이 이신의 진영으로 날아갔다. 견제 플레이로 피해를 입혀서 불리한 상황을 비슷하게 만들려는 최후의 수단이었다.

하지만⋯⋯.

ㅡ투타타타타타타!!!

부질없었다.

이미 수송기가 날아가는 경로에 보병들이 대기하고 있었다.

ㅡ퍼엉!

수송기는 격추당해 버렸고, 박이현의 전의도 함께 소멸되었다.

ㅡ라이트닝, GG!

첫 승을 거두고 벤치로 돌아온 이신은 팀원들과 하이파이브를 하고 자리에 앉았다.

"어땠어?"

박영호가 물었다.

이신은 어깨를 으쓱했다.

"인터뷰에서 말했던 그대로야."

인터뷰에서 지적한 부분을 전부 입증해 버렸다.

인터뷰에서 거짓말을 안 하는 한결같은 이신의 성격을 엿볼 수 있었던 경기였다.

그날 시합은 SC스타즈의 3—0 완승으로 끝났다.

2세트는 리우가, 3세트는 박영호가 가뿐하게 승전보를 올렸다.

그날 시합에서 주목받은 명경기의 주인공은 단연 이신.

하지만 이신은 3세트에서 보여준 박영호의 경기력에 놀랐다.

이신이 대중이 모두 보고 즐긴 플레이를 보여줬다면, 박영호는 같은 프로 선수들 중에서도 초일류만이 그 진가를 알아볼 수 있는 슈퍼 플레이를 보여주었다.

3세트의 경기 내용을 요약하자면, 초반에 바퀴를 잔뜩 뽑은 박영호가 상대 인류의 앞마당 방어를 뚫어버리고 손쉽게 게임을 끝내 버린 정도.

하지만 그 안에는 교묘한 틈을 만들어내서 날카롭게 파고든 박영호의 놀라운 승부 감각이 있었다.

'다친 건설로봇이 의무병을 끌어당긴 틈을 노리다니.'

건설로봇 1기가 정찰에 나섰다가 바퀴들에게 얻어맞고 되돌아갔다.

그런데 어이없게도 그게 패인이었다.

보병·화염방사병과 함께 앞마당을 지키고 있던 의무병들이

다친 건설로봇을 치료해 주기 위해 쫓아 들어간 것.

그 짧은 틈에 박영호는 돌격했다.

의무병이 아주 잠깐 떨어진 그 틈에, 바퀴 떼가 삽시간에 보병·화염방사병을 에워싸 몰살시켰다.

그 뒤에는 계속 밀려들어온 바퀴 떼에 의해 인류의 진영이 초토화되고 게임 끝.

이신은 느낄 수 있었다.

박영호는 그 다친 건설로봇을 일부러 살려 보냈다.

그리고 의무병들이 다친 건설로봇을 쫓아간 약 1초의 틈을 노리고 파고들었다.

'정말 벼르고 있구나.'

전에 없이 박영호의 감각이 섬뜩할 정도로 살벌했다.

올해 그랑프리에서 기필코 이신을 꺾겠다는 투철한 의지가 느껴졌다.

여전히 많은 도전자들이 있지만, 역시나 가장 이신의 권좌에 가까이 접근한 사람은 박영호였다.

'내가 같은 상황에 있었다면 막을 수 있었을까?'

박영호의 희생양이 되었던 인류에게 자신을 대입해 보았다.

자신이었어도 위험했을 거라는 생각이 들었다.

그런 위기감은 사그라졌던 이신의 승부욕을 다시금 살살 자극하고 있었다.

　같은 날, 상하이 텐화 게임단도 첫 경기를 치렀다. 쌍영의 또 다른 1인인 최영준도 특유의 물량을 폭발하며 광기 어린 공격력을 보여줬다는 소식이었다.

제8장

후기리그

이틀 후에 바로 2차전이 있었다.

2차전 상대는 VC게임단인데, VC라는 중국의 IT기업이 창설한 SC 프로 팀이었다.

VC사의 사장이 SC를 좋아하여서 프로 팀 창설에 직접 관여할 정도였다.

중국 팀들이 흔히 그렇듯 풍부한 자금을 바탕으로 이름난 선수들을 사 모으고 호화로운 시설을 갖췄다고 알려져 있다.

하지만 그러한 구단주의 열정과 달리 중국의 1부 리그에서 하위권에 맴도는 약체였다.

분명 명성 있는 선수를 거금 들여 데려왔음에도 연패를 면치 못했다.

실력 있는 선수도 VC게임단에만 오면 부진한다고 팬들 사이에서도 미스터리였다.

구단주가 회식에도 참여하고 선수들을 격려하는 등 분위기도 좋다고 하는데 말이다.

"너무 잘해줘서 그렇지 뭐."

박영호는 그 이유를 알겠다는 듯이 말했다.

"분명 구단주가 이름값 있는 애들 데려오고서는 칭찬하고 떠위주고 그랬을 거야. 그러다 보니 애들이 정말 잘난 줄 알고 교만해졌겠지."

옆에서 그 말을 듣던 이신은 고개를 갸웃거렸다.

"왜 교만해지는 거지?"

"왜긴 왜야. 엄청 돈 많은 거물 사업가인 구단주가 e스포츠 열혈 팬이라 막 대우해 주는데 안 교만해져?"

그 말에 이신은 더더욱 이해할 수가 없어졌다.

"왜 금메달 한번 못 따봤는데 자기가 잘난 줄 알 수가 있지?"

"지금 나한테 시비 거셈?"

박영호가 벌컥 화를 냈다.

"자기가 잘난 사람인지 아닌지 알 수 있는 뚜렷한 지표가 있잖아?"

화내거나 말거나 이신은 몹시도 미스터리를 느꼈다.

"……."

박영호는 그런 이신에게 그만 할 말을 잃었다.

이신의 눈에는 VC게임단 선수들이 정말 하찮게 보였던 것이다.

왜 저런 하찮은 것들이 자기가 잘난 줄 아는지 진심으로 의아해하는 것!

문화 충격을 느끼는 이신을 무시하고 박영호가 계속 말했다.

"그래서 한국은 계약을 보통 1년 단위로 하잖아. 성적이 나쁘면 바로 다음 계약 연봉에 반영되고. 쟤들은 3년, 5년 단위로 장기 계약을 했나 보더라. 그러니 경각심을 느낄 리가 없지."

중국은 사정이 달랐다.

활약하여서 팬들에게 어필한 선수는 선수 생활을 관두고 스트리밍 방송으로 빠질 위험이 높았다.

선수 생활과 스트리밍 방송을 병행할 수 있다 해도, 굳이 힘든 선수 생활을 계속하고 싶어 하는 선수는 드물다.

그래서 팀은 장기 계약으로 선수를 붙잡아두는 걸 더 선호했다.

'투쟁심이 문제로군.'

지우펑처럼 야망과 투쟁심이 있는 선수가 많지 않았다.

어쩔 수 없는 것이, 한국과 달리 환경이 너무 좋아서 생계와

미래를 위해 목숨 걸고 훈련에 매달려야 할 필요가 없었던 것이다.

'고민해 볼 문제군.'

이신도 팀을 소유한 구단주였기 때문에 비슷한 고민을 할 수밖에 없었다.

그런 고민은 2세트에 나가 경기를 치러보고서 더욱 강해졌다.

상대는 괴물 플레이어였는데, 한때 베이징 슈퍼리그에서 준우승도 한 전력이 있는 유명 선수였다고 했다.

하지만…….

—아아! 이걸 보십시오! 카이저, 정말 엄청난 퍼포먼스를 보여줍니다!

인류 플레이어에게 요구되는 가장 기본적인 덕목은 바로 괴물을 잘 잡는 것.

종족 상성에서 인류는 괴물에게 강하기 때문이다.

하물며 세계 최강자 소리를 몇 년째 듣는 이신은 어떻겠는가?

변변찮은 실력을 가진 괴물은 정말 숨 쉬듯이 이길 수 있을 정도였다.

이번에도 마찬가지였다.

이신은 아주 무난하게 승기를 잡았다.

'너무 쉬운데.'

상대 괴물은 쐐기충 편대로 견제 플레이를 펼쳐 시간을 벌고자 했다.

하지만 이신은 쐐기충들로부터 자기 진영을 수비하는 일을 정말 수도 없이 해왔다.

그의 보병 부대는 쐐기충이 지나갈 거라고 예상되는 경로를 쫓아다녔다.

쐐기충 편대는 가는 곳마다 보병들을 만나 총알 세례를 받는 바람에 변변찮은 성과도 없이 체력만 닳아 너덜너덜해졌다.

그렇게 시간이 지나니 상대 괴물이 절대로 이신을 이길 수 없을 정도로 격차가 벌어지고 말았다.

'재미없는데.'

이신이 이 경기를 보고 있을 팬들을 걱정할 정도였다.

그래서 이신은 자주 그랬듯 화려한 퍼포먼스를 펼쳤다.

—이야, 정말 장관입니다!

—방사능 구름이 떠다니고 있어요!

여러 기의 전술위성이 모여서 날아다니는 것을 흔히 '구름 위성'이라 부른다.

전술위성은 괴물전의 핵심이었다.

이 전술위성을 잘 격추시키는 것이 괴물의 지상 과제였고, 반대로 잘 살려서 계속 활용하는 것이 인류의 플레이였다.

이신은 계속 자폭을 시도하는 폭탄충들로부터 전술위성을 단 1기도 내주지 않았다.

그래서 보유한 것이 무려 7기!

그리고 이신은 이 전술위성들로 눈에 띄는 퍼포먼스를 펼쳤다.

7기의 전술위성들이 서로에게 방사능을 살포했다.

방사능을 뒤집어쓴 7기의 전술위성이 뭉쳐 다니는 모습은 그야말로 방사능 구름이었다.

—방사능 구름에 괴물들이 몰살을 당합니다!

—아! 저러면 흑안개고 뭐고 소용이 없죠!

원거리 공격을 무시하는 흑안개를 펼치고 그 안에서 싸우며 필사적으로 방어하던 괴물들.

그런데 어마어마한 방사능 구름이 그 위에 나타나자 다 소용없었다.

흑안개 속에 있던 괴물 병력들이 방사능에 감염되어서 떼로 몰살당했다.

상대 괴물에게는 광물 자원이 고갈되어서 폭탄충을 더 뽑을 여력도 없었다.

방사능 구름은 그대로 괴물 진영까지 덮쳐서 병력이고 일벌레고 죄다 죽여 버렸다.

"우와!!"

"저런 건 처음 봐!"

"카이저! 카이저!"

경기장에 모인 관중들은 눈이 휘둥그레져서 카이저를 연호했다.

SC스타즈의 벤치는 사기가 올랐고, VC게임단의 분위기는 땅으로 떨어졌다.

결국 상대는 처참한 패배를 당했다.

가뿐하게 승리를 따낸 이신은 벤치로 돌아와 여전히 의문에 찬 얼굴로 중얼거렸다.

"어째서 저 실력 갖고 잘난 줄 아는 거지?"

"이제는 자괴감밖에 들지 않을걸."

박영호도 질렸다는 듯이 중얼거렸다.

상대를 가차 없이 짓밟아 버리는 이신의 잔인함은 때때로 치가 떨릴 정도였다.

이신으로서는 어쩔 수 없는 습관이었다.

변변한 적수도 없었던 이신은 게임을 재미있게 하기 위해서 온갖 퍼포먼스를 팬들에게 보여주려 했던 것이었다.

그게 상대하는 선수들에게는 엄청난 굴욕으로 다가오지만, 배려해야 하는 건 팬이지 상대 선수가 아니라는 것이 이신의 지론이었다.

덕분에 이신을 재미있게 해주지 못하면 굴욕을 당한다는 경각심이 상대 선수들에게 생겼을 정도였다.

그날 2차전도 3—0으로 승리한 SC스타즈는 2승 0패로 단독 1위로 올라섰다.

똑같이 2승 0패를 기록한 팀은 많았지만, 득실차에서는 연속으로 3—0을 기록한 SC스타즈가 우위였다.

그날 경기가 끝나고 이신은 오랜만에 한태곤 감독에게 전화를 걸었다.

—2승째 거두신 걸 축하드립니다, 구단주님.

그가 소유한 프로 팀 카이저 게이밍을 잘 이끌고 있는 한태곤 감독이 장난스럽게 축하를 보냈다.

"팀은 어떻습니까?"

—이번에 올도어SCC에게 패해서 2승 1패입니다.

3차전 상대로 올도어SCC를 만난 카이저 게이밍은 그야말로 실력 차이를 제대로 느껴야 했다.

하기야 장양과 차이를 필두로, 1군 주전 멤버 전원이 웬만한 팀 에이스급인 올도어SCC는 아직 약체에 속하는 카이저 게이밍이 당해낼 수 없는 상대였다.

"2승 1패면 그래도 출발이 좋군요?"

—예, 이대로 쭉 간다면 올 시즌 목표인 6위를 달성할 수 있을 것 같습니다.

지난 시즌에 강등을 모면한 카이저 게이밍은 올 시즌에 하위권을 탈출하겠다는 목표를 품고 있었다.

이미 1부 리그 잔류에 성공하면서 팀을 인수했던 이신에게 뜻하지 않은 이익을 가져다준 카이저 게이밍이었다.

거기다가 이신의 팬덤이 카이저 게이밍의 '꼴지의 반란'을 지지하면서 이를 후원하는 기업들도 늘어난 상황.

그저 불쌍한 애들 건져준다는 유니세프의 심정이었던 이신으로서는 본의 아니게 재산을 더 증대하는 효과를 거두었다.

투자금의 10배 이상을 제안하면서 팀을 인수하겠다는 의사를 타진해 온 기업들로 있을 정도였다.

구단주가 이신인 탓에 예전과 달리 팬들의 관심을 받는 팀이 되었으니, 기업으로서도 마케팅 목적으로 투자할 가치가 있어 보였던 것. e스포츠 시장이 계속 성장하기도 했고 말이다.

물론 이신은 이제 이 팀을 팔 생각이 전혀 없었다.

놔둬도 한태곤 감독이 잘 운영하며 이익을 가져다주는데 팔 이유가 없었다.

―팀 분위기도 아주 좋습니다. 구단주님의 배려 덕에 선수 복지도 좋아져서 팀에 대한 충성도와 의욕이 높죠.

카이저 게이밍은 은퇴한 선수 혹은 연습생에게 1년간 교육비를 지원해 주는 복지 제도를 도입했다.

프로게이머를 포기하고 다른 진로를 알아보는 사람을 위해 배려해 주는 모습에 선수들이나 연습생들이 감동받았음은 물론이었다.

숙소 환경도 더 개선되었고, 1부 리그 잔류에 성공한 공로로 선수들의 연봉도 더 높아졌다.

무엇보다 한태곤 감독이 도입한 체계적인 선수 육성이 효과를 거두면서, 선수들의 실력이 쑥쑥 올라가고 있었다.

스스로가 성장하고 있는 게 느껴지니 선두들의 의욕도 더욱 높아질 수밖에 없었다.

"연습생들 중에 1군 선수가 되는 경우는 얼마나 됩니까?"

이신이 문득 물었다.

한태곤 감독은 조금 씁쓸한 목소리로 말했다.

―극소수죠.

"그럼 1군 선수가 되려고 노력하는 연습생은 얼마나 됩니까?"

―다들 1군이 되고 싶어 하는 거야 당연합니다만, 역시 노력의 정도는 차이가 있죠. 사실 적성은 다 타고나는 거잖습니까.

그렇다고 어린 아이들에게 넌 재능이 없다고 일침을 해서 꿈을 꺾어버리기도 쉽지는 않았다.

"제가 곰곰이 생각해봤는데, 복지나 대우를 신경 써줬으니 채찍도 필요하지 않을까 합니다."

―구체적으로 무슨 말씀이신지…….

"2년이 지난 연습생은 실력 평가로 성장 정도를 체크하고, 평가가 나쁘면 방출시키죠."

—방출이요?

"예, 그 뒤에도 1년마다 실력 평가를 계속하면 좋겠습니다."

—너무 엄격한 게 아닐까요? 좋은 복지 덕에 요즘 재능 있는 연습생을 많이 얻을 수 있었습니다. 그런데 그런 엄격한 시스템이 생기면 무서워서 기피하게 될지도 모릅니다.

"보통 그 나이의 학생들은 자기 인생을 걸고 수능 공부를 하고 있죠. 그 정도 경각심도 없이 평안하게 연습생으로 세월을 보내게 하고 싶지는 않습니다."

—으음, 그 말씀도 옳긴 합니다. 사실 그 정도 경쟁도 이기지 못하면 프로게이머로 살 수 없죠.

한태곤 감독은 결국 그 제안을 수락했고, 카이저 게이밍의 연습생들은 살벌한 긴장감을 느껴야 했다. 방출당하지 않기 위하여 스스로 노력해야 하는 경각심이 생겼다.

'이해를 못 하겠군.'

그 결정을 내린 장본인인 이신은 그런 생각을 했다.

왜 스스로 노력하도록 경각심을 심어주는 이런 조치를 취해야 하는지 공감이 되지 않았다.

'대체 노력이 뭐가 어렵다고 못하는 거지?'

노력만큼 쉬운 게 어디 있다고?

이신에게 세상은 참 궁금한 게 가득했다.

이후로도 3차전, 4차전도 이신은 출전하여서 승리를 따냈다.

마계의 일은 잠시 잊고 후기리그에 집중하기 시작한 이신은 100%의 승률을 유지하고 있었다.

*   *   *

오전 7시.

이신은 어느 때와 마찬가지로 말끔한 모습으로 연습실에 출근했다.

집에서도 내내 입었던 추리닝 차림이었지만, 뭘 입어도 잘 어울리는 기럭지 탓에 매우 자연스러웠다.

"아오. 피곤해, 졸려."

더 자고 싶어서 투덜대다가 결국 이신에게 끌려 나온 박영호는 함께 출근해 놓고는 내내 투덜거렸다.

그러면서도 홍삼을 쪽쪽 빨며 자기 자리에 앉아 연습할 준비를 한다.

"여러분, 안녕하세요."

박영호가 모니터에 대고 인사하자 옆자리에 있던 이신은 흠칫 놀랐다.

어느새 박영호가 개인방송을 시작한 것이었다.

그렇게 게으름을 피우며 어기적거리더니 개인방송 켜는 건 정말 빨랐다.

이신도 방송을 시작했다.

두 사람은 평소에 훈련 전에 한두 시간 정도 손 풀기로 가볍게 게임을 할 때 방송을 했다.

이신의 경우는 중국의 스트리밍 업체와 계약하여서 매달 거액을 받았고, 박영호는 평소에 하던 파프리카TV에서 계속 활동했다.

"형, 나랑 한판 할래? 나 괴물, 형은 신족."

박영호가 시청자들로부터 이신과의 대결을 보고 싶다는 요청을 받은 모양이었다.

이신은 눈살을 찌푸렸다.

박영호랑 하면 손 풀기 정도가 아니라서 부담스러웠다.

"신족으로 널 어떻게 이겨?"

"못 이긴다고 시인하는 거야?"

"너도 서브 종족 해."

"아 싫어. 그럼 상대가 안 되잖아."

이신이 세 종족 모두를 탁월하게 잘하는 건 이미 유명한 일이었다.

신족으로 플레이한데도 박영호와 상대가 가능했다.

반면 박영호는 다른 종족으로는 그만큼 잘할 재주가 없었다.

"에이, 여러분. 형이 무서워서 안 한대요. 쫄보네, 쫄보."

이신은 아주 살짝 분노가 치밀었다.

더불어 서브 종족으로 저놈을 박살 내면 재미있을 것 같다는 생각이 들었다.

시청자들로부터 이신의 신족조차 못 이기냐는 지탄을 받는 박영호의 모습이 보고 싶어졌다.

"해."

"오, 진짜지?"

박영호는 희희낙락했다. 이신과 게임을 하면 이기든 지든 별사탕 축제가 되기 때문이었다.

"여러분! 빅 매치가 성사됐습니다. 기뻐해 주세요!"

―정말 오지게 모기 짓 하네ㅋㅋ

―이신 따라 중국 간 게 박영호의 신의 한 수였다.

―형, 대체 연애는 언제 할 거야ㅠㅠ

―모기처럼 이신 옆에 붙어서 파프리카 랭킹 1위를 한 남자.

―철벽모기…….

―덕분에 아침부터 눈 호강하겠네.

―출근길 지하철에서 명경기 관람 개꿀!

박영호의 개인방송 시청자들은 한마디씩 채팅을 하며 즐거워했다.

방송 때마다 이신을 팔아 시청자를 끌어모으는 박영호의 어그로 솜씨는 이제 정평이 나 있었다.

그렇게 온라인에서 둘이 한판 붙으려 할 때였다.

—Lightning님께서 입장하셨습니다.
—Lightning: 형님들 안녕하세요! 저 박이현입니다!
—Lightning님께서 퇴장당했습니다.

누군가가 두 사람의 대전실에 멋대로 입장했는데, 뭐라고 말하기도 전에 이신이 퇴장시켜 버렸다.

대전실에 멋대로 난입하는 팬이 워낙 많다 보니 습관적으로 퇴장시킨 것이다.

"방금 그거 박이현 아냐?"

"몰라."

"뭘 몰라. 아이디가 박이현인데."

"그냥 해."

"와, 정 없는 거 보소."

무시하고 다시 게임을 시작하려 할 때,

—Lightning님께서 입장하셨습니다.
—Lightning: 형님들ㅠㅠ
—Lightning: 쫓아내지 말아주세요ㅠㅠ

—Lightning: 저 옵 좀 봐도 될까요?

박이현이 포기하지 않고 다시 찾아와 관전을 구걸했다.

이신 대 박영호라는 빅 매치를 자기 개인방송에서 중계하고 싶었던 것이다.

"정말 징한 놈이다."

박영호가 어처구니가 없어서 웃었다.

두 사람과 마찬가지로 아침 일찍부터 방송을 시작한 박이현.

그 이유는 매우 간단했다.

이신이 아침에 방송을 하기 때문이었다.

—모기가 또 나타났다.

—쌍박 모기가 또…….

—이신 모기 쌍박 오진다.

박영호의 방송 시청자들이 혀를 내둘렀다.

"와, 쟤도 진짜 낯짝 두껍네요. 방송 흥하고 싶어서 아주 신이 형 스토커 짓을 하고 있어요."

박영호가 그런 박이현을 나무랐다. 그랬더니,

—너나 잘해.

―응 너도.

―똥 묻은 놈이 겨 묻은 놈한테 뭐라 하네.

―쟤도 너만큼은 아니야.

―못생긴 난쟁이 놈아. 넌 이신 덕에 방송에서 번 돈이 수억은 될 거다.

'똑같은 놈들이군.'

이신은 그저 혀를 찰 뿐이었다.

뭐, 이미 모든 것을 가진 이신으로서는 두 사람이 어떻게 자신을 이용하든 귀엽게 봐줄 뿐이었다.

어쨌거나 두 사람의 게임은 시작되었고, 박이현은 관전을 했다.

가볍게 손 풀려고 했는데 어느덧 일이 커져 버린 느낌이었다.

두 사람 다 질 수 없다는 마음가짐.

특히나 신족을 하는 이신과 달리, 자기 메인 종족인 괴물로 임하는 박영호는 져서는 안 되었다.

아니나 다를까.

매우 치열한 승부가 되어버렸다.

시작부터 정찰 온 신도가 앞마당에 부화실을 건설하려는 일벌레를 방해했고, 조금 뒤에는 광신도가 난입해 공격하기도 했다.

잠시 후에는 반대로 박영호가 바퀴 떼를 몰고 달려와 뚫기를 시도했다.

이신은 캐논포와 신도들의 블로킹으로 절묘한 수비를 펼쳤고, 박영호도 그 와중에 뚫기를 포기하고 신도들을 일점사해 몇 기를 사살했다.

그 뒤로, 이신은 사략기로 하늘군주를 사냥하러 다녔다.

하늘을 누비는 사략기 편대를 잡기 위해 박영호는 폭탄충 무리를 동원했다.

공중전의 황제 이신의 사략기.

그리고 폭탄충의 명인인 박영호.

두 사람의 자존심이 걸린 공중전이 펼쳐졌다.

박영호의 폭탄충들이 요소요소마다 지키고 서서 사략기들의 침입을 가로막았다.

이신의 사략기 편대는 폭탄충들을 피해 끊임없이 침투하며 박영호의 신경을 건드렸다.

공중에서 사략기와 폭탄충이 쫓고 쫓기는 아찔한 추격전을 벌이는 동안, 지상에서도 끊임없이 충돌했다.

이신의 진영 인근에는 촉수충들이 잔뜩 땅속에 심어져서 나오지 못하게 압박하고 있었다.

이신은 그런 촉수충 밭을 뚫고 나가기 위해 계속 돌파를 시도했다.

공중과 지상에서 계속 부딪치며 불꽃같은 멀티태스킹을 보이는 두 사람이었다.

운영은 박영호가 좋았다.

이신의 진격을 지연시키면서, 계속 확장 기지를 늘려서 풍부한 자원을 먹어치웠다.

자연스럽게 자기가 유리한 상황으로 만든 박영호의 운영 솜씨는 과연 톱클래스였다.

하지만 이신은 고비마다 고급 유닛을 기가 막히게 잘 써서 위기를 넘겼다.

대사제가 수송기를 타고 다니며 전격 마법을 뿌려댔고, 철갑 충차가 충격탄을 쏘며 방어했다.

수송기 3기에 각기 고급 유닛을 태우고 곳곳을 다니며 이신은 계속 활약했다.

순전히 컨트롤과 멀티태스킹으로 아슬아슬하게 승부의 균형추를 맞추고 있었다.

싸움은 40분이 넘어가고 50분이 다 되어서야 결판이 났다.

"아자!"

박영호가 벌떡 일어나 부르짖었다.

마지막 자원 지역을 놓고 치러진 최후의 전투에서 승리한 것이었다.

끝까지 잘 버텼으나 결국 패배한 이신은 허탈한 표정이 되었다.

"와 나, 무슨 놈의 서브 종족을 이렇게 잘해? 하마터면 망신당할 뻔했네."

박영호는 안도하며 가슴을 쓸었다. 졌으면 시청자로부터 욕을 무지 먹을 뻔했다. 물론 지금은 별사탕 축제를 벌이고 있었지만 말이다.

그런데…….

"와!"

"아까웠다."

"진짜 잘했는데."

연습실은 더 이상 이신과 박영호 두 사람뿐만이 아니었다.

어느새 연습실에 출근한 SC스타즈의 선수들 및 연습생들이 박수를 치며 감탄하고 있었던 것이다.

승자는 박영호였지만, 모두의 선망을 받고 있는 사람은 이신이었다.

분명 시종일관 불리한 상황이었다.

그런데 사략기를 끝까지 살리며 제공권을 장악한 것이 크게 유효했다.

덕분에 수송기가 고급 유닛을 싣고 마음껏 맵을 누비며 홍길동처럼 활약할 수 있었던 것이다.

지상에서는 병력 물량이 압도적이었던 박영호였는데, 계속 전격 마법이나 철갑충차의 충격탄으로 게릴라를 펼치는 탓에 승부가 쉽게 나지 않았다.

이신이 방송을 종료하고 잠깐 휴식을 취하고 있을 때, 리플레이 파일을 전략 팀에서 가져갔다.

굉장히 독특한 운영이었기 때문에 연구할 가치가 있다고 여겼던 모양이었다.

그날, 정규 훈련을 마치고 왕춘 감독과 면담을 했다.

"요즘 컨디션이 좋아 보이더군요."

"그런 것 같습니다."

이신도 인정했다.

아침에 박영호와 했던 게임에서 스스로도 놀랐다.

불리한 상황을 제공권 장악 및 고급 유닛 활용으로 극복한 플레이는 말이 쉽지, 매 순간 아슬아슬한 외줄타기를 하는 것이나 다름없었다.

그런데 컨트롤에서 한 번도 미스가 안 났고, 멀티태스킹도 쌩쌩했다.

"최근의 기록을 보니 피지컬이 전체적으로 상승했습니다."

"예?"

그 말에는 이신도 깜짝 놀랐다.

컨디션이 좋긴 했지만, 설마 이제 와서 피지컬이 좋아졌다는 소리를 들을 줄은 몰랐다.

'이 나이에?'

보통 사람은 은퇴하거나 일선에서 물러나야 정상인 나이였다.

"거의 전성기 시절로 돌아온 것 같다고 하더군요."

"…설마요."

"수치는 거짓말을 하지 않죠. 그만큼 컨디션이 좋아지셨다는 뜻인데, 어떤 계기라도 있으십니까?"

"잘 모르겠습니다."

이신은 곰곰이 생각해 보다가 다시 말했다.

"사실 게임에 대한 흥미가 떨어진 건 지금도 마찬가지입니다. 다만……."

"다만?"

"아직 기다려 줘야 하는 애들이 있습니다."

"기다린다고요?"

"차이나 장양, 그리고 가까이는 박영호도, 제게서 금메달을 빼앗고 싶어 하는 애들이 아직 있습니다. 그걸 기다려 주려고 합니다."

"끝까지 최고의 자리를 지키는 게 아니라요?"

"물론 지키기 위해 최선을 다하겠죠."

이신은 조금은 쓸쓸한 어조로 말을 이었다.

"영어나 한자도 이제 조금씩 읽을 줄을 압니다. 방송에서 올라오는 채팅이나 인터넷의 글들을 어느 정도 읽을 수 있죠."

뜬금없는 말에 왕춘 감독이 의아해했다.

이신이 계속 말했다.

"그들은 저보고 지겹다고 말합니다. 또 이겼냐고, 네가 e스포츠를 망치고 있다고요."

"그런 헛소리를 귀담아 듣지는 않으시겠죠?"

"일리는 있다고 생각합니다."

너무 오랫동안 권좌에서 내려오지 않는 이신.

특히 작년에 모든 도전자를 물리치고 다시 금메달을 목에 걸었을 때, 반감이 촉발됐을 수도 있었다.

마치 옛날 모든 게임의 e스포츠를 한국인들이 독점했던 때를, 이신을 보며 떠올렸을 지도 모른다.

"사실 저도 지겨운 건 마찬가지니까요."

왕춘 감독은 그런 이신을 걱정스럽게 바라보았다.

"그래서 더 고대하고 있습니다. 누군가는 제게 패배의 고통을 맛보게 해주겠죠. 너무 분해서 다음번에는 꼭 복수해 주고 싶고, 그런 뜨거운 감정을 느끼지 못한 지 너무 오래 됐거든요."

11차전까지 진행된 후기리그.

이신의 전적은 현재까지 10승 0패.

"그날을 기다리면서 힘을 내고 있습니다. 제 자리를 빼앗을 후배에게, 제가 나이든 덕에 이길 수 있었다는 소리를 듣게 하면 안 되나요."

올 시즌의 모든 공식전 승률은 현재까지 100%.

대항마로 여러 선수가 거론되었던 작년과 달리, 올 시즌은 아무도 대적할 수 없다는 평가를 받고 있었다.

*   *   *

중국에 진출한 한국 선수들의 활약이 두드러졌다.

특히나 한참 동안 무패 행진을 이어간 이신의 활약은 가공할 것이었다.

이제 와서 더 강해졌냐는 한숨이 곳곳에서 들려왔다.

그 연승 행진을 종료시킨 것은 최영준이었다.

광기신족 최영준은 그 특유의 물량을 환상적인 아바타 활용과 함께 보여주었다.

아바타를 이신의 진영에 침투시키고 소환 마법으로 아군 병력을 불러들였다.

첫 번째 소환은 실패. 이신은 이미 자기 진영 도처에 지뢰를 깔아 소환에 대비한 방어를 해둔 상태였으니까.

하지만 함께 소환된 다른 아바타가 또 소환 마법을 펼쳐 병력을 더 불러들였다.

그리고 또 함께 소환된 세 번째 아바타가 새로 생산된 병력을 또 불러들였다.

자신의 엄청난 물량을 이신의 본진 안에 연속으로 꽂아버린 '3단 소환' 작전은 곧 중국에서 유행이 되었다.

저 이신을 꺾은 전략이었기 때문이다. 수많은 신족 선수들이 3단 소환 작전을 따라했고, 덕분에 경기가 더 화끈해졌다는 팬들의 평을 받았다.

최영준은 이신의 연승 행진을 중단시킨 덕분에 스타가 되었고, 이후로도 후기리그가 끝날 때까지 7할이 넘는 승률을 기록했다.

신지호의 활약도 두드러졌다.

특유의 강력한 디펜스로 언제나 안정적으로 승리를 따냈고, 최영준과 비슷하게 7할이 넘는 승률로 상하이 게이밍의 명실상부한 에이스가 되었다.

그의 승률 7할 안에는 작년 그랑프리에서 붙었던 지우펑도 포함되어 있었다. 후기리그에 들어 부진을 하고 있는 지우펑을 완패시켜 멋지게 설욕한 것이다.

하지만 그 뒤로 지우펑도 부진에서 벗어나 다시 폼이 올라왔고, 다시 만난 신지호에게 설욕을 하니 라이벌 관계가 성립되었다.

어쨌거나 중국 최고의 스타인 지우펑과 라이벌이 된 덕에 신지호의 인지도는 대폭 올라갔다.

한국에서는 무명인 박이현도 다롄 소울즈의 성공적인 영입이었다는 평가를 받았다.

6할에 가까운 승률로 준수한 활약을 했기 때문인데, 연봉에 비해 뛰어난 성적이었다.

이신이 공개적으로 지적했듯이 박이현의 플레이는 아직 불안정한 부분이 많았지만, 그만큼 장점도 뚜렷해서 독특한 스타일이 팬들에게 어필되었다.

온라인에서 열심히 이신을 쫓아다닌 박이현은 스트리밍 방송에서도 흥행을 했다.

이제는 이신과 박영호가 사는 집에 찾아가기까지 하는 넉살을 보였는데, 방문할 때마다 선물을 바리바리 싸들고 와서 고마움을 표현했다.

박영호도 실제로 만난 박이현을 보고는 의외로 착하다고 평가했다.

하지만 그들 중 이신에 견줄 수 있는 실력자를 꼽으라면 오직 한 사람뿐이었다.

박영호.

이번 시즌 내내 박영호는 프로리그 경기에서 2패밖에 안 했다.

단 2패.

이쯤이면 전성기 시절의 이신이나 다름없는 절대 무적의 수준이었다.

빌드 오더 상성에서 이기고 박영호가 치명적인 실수까지 하지 않는 한, 이길 도리가 없다는 뜻이었다.

실제로 중국의 모든 프로 팀은 박영호를 대적 불가로 상정했다.

SC스타즈와 경기를 치르는 날은, 이신과 박영호를 포기하고 나머지 셋을 어떻게든 공략해 봐야 하는 셈이었다.

이신을 다전제 승부에서 이기는 것이 e스포츠 전체의 지상 과제가 된 가운데, 박영호라면 가능할지도 모른다는 기대가 떠오르기 시작했다.

그 가능성은 중국의 개인리그인 상하이 슈퍼리그에서 다시 한번 확인되었다.

지난번 베이징 슈퍼리그에서는 지우펑에게 패배하여 4강에 머물렀던 박영호였으나, 이번 대회에서는 괴물 같은 포스를 뿜어냈다.

특히 4강전에서 만난 신지호를 3—0으로 침몰시킨 것은 충격적이었다.

중국에 진출한 첫 시즌에 대단히 좋은 성적을 거둔 신지호였다.

종족도 괴물의 천적인 인류.

플레이 스타일도 꼼꼼하고 수비적이어서 박영호가 까다로워할 상대였다.

실제로 전문가들도 박영호가 이겨도 접전이 될 거라고 예상했다.

실제로 마지막으로 두 사람이 했었던 다전제 대결에서 승리한 쪽은 신지호였다.

하지만 뚜껑을 열어 보니 반전 그 자체였다.

박영호는 신지호의 철벽 방어를 그야말로 거침없이 뜯어버렸다.

조금의 빈틈만 보여도 거칠게 공격을 퍼부어서 승리.

실패하면 엄청난 타격을 받는 공격인데도 망설임이 없는 박영호의 플레이는 기세가 흉흉했다.

그 기세에 눌린 신지호는 결국 완패를 당하고 말았다.

결승전 상대는 역시나 이신이었다.

상하이 슈퍼리그 결승전은 스트리밍으로 중계된 방송의 트래픽이 어마어마했다.

전 세계에서 이신과 박영호의 대결을 보기 위해 접속했기 때문이었다.

이신을 잡을 수 있는 사람은 박영호가 유력하다고 다들 인정할 상황까지 왔다는 증거였다.

지난해 그랑프리 결승전에서 보여줬던 명승부를 다시 보고 싶었던 심리도 있었고 말이다.

이신도 오랜만에 즐거웠다.

대회 내내 보여주었던 박영호의 기세가 심상치 않은 까닭이었다.

훈련을 마치고 숙소로 돌아와서도 방에 들어가 홀로 게임을 하는 박영호의 모습을 자주 볼 수 있었다.

비공개 아이디를 새로 만들어서 온라인에서 연습을 했고, 그 리플레이 데이터는 팀에게도 주지 않고 비밀로 했다.

'날 잡기 위해 무언가 준비를 하고 있구나.'

그것이 이신의 승부욕을 자극했다.

자신을 찌르기 위해 칼을 갈고 있는 모습을 볼 때마다 긴장감이 흘렀다.

이신은 그 긴장감이 너무 좋았다.

더 아찔하게 만들어줬으면 하는 바람이었다.

이신도 최선을 다해 준비했고, 그렇게 결승전이 펼쳐졌다.

경기 내용보다 더 치열한 심리전이 오갔다.

1, 2, 3세트는 인류 대 괴물의 정석적인 운영 대결이었다.

이신은 박영호의 운영을 봐가면서 맞춰 잡는 쪽으로 가닥을 잡았다.

박영호가 무언가 갈고 닦은 비장의 한 수가 있다는 것을 직감적으로 눈치챘기 때문이었다.

그게 뭔지 보고 대처해 주겠다는 게 이신의 생각이었다.

하지만 박영호도 이빨을 드러내지 않고, 3세트까지 그냥 평범한 운영을 펼쳤다.

그럼에도 승부는 상당히 치열했다.

1, 2, 3세트 모두 40분이 넘는 장기전이 되었고, 거기서 먼저 한 발 앞서나간 쪽은 박영호였다.

그날따라 박영호의 컨디션은 최고조였고, 모든 유닛이 실수 없이 컨트롤되며 전투마다 손해를 보지 않았다.

스코어는 2—1.

박영호가 한 번만 더 이기면 승부를 잡을 수 있는 상황. 역시나 젊은 피의 힘인지 이신이 힘에 붙인 듯한 모습이었다.

하지만 이신은 침착했다.

'이제 슬슬 준비한 걸 꺼낼 때가 됐는데.'

아무에게도 보여주지 않고 홀로 준비하던 한 수를 이제 꺼낼 때가 됐지 싶었다.

아니나 다를까, 4세트에서 박영호는 올인성 전략을 펼쳤다.

공격력이 업그레이드 된 쐐기충에 모든 걸 건 공격이었다.

하지만 박영호가 특별한 전략을 쓸 거라는 걸 알고 있었던 이신은 이에 대비를 한 상태였다.

이신은 공중전의 왕자인 로켓 프리깃으로 맞섰다.

보기 어지러울 정도로 화려한 컨트롤의 향연.

정말 오랫동안 갈고 닦았는지 박영호의 쐐기충 컨트롤은 속된 말로 미쳐 있었다.

심지어 쐐기충을 두 부대로 나눠서 2곳을 동시 타격하는 멀티태스킹까지 펼치는 박영호!

이에 대하여 이신도 로켓 프리깃을 두 무리로 나눠서 2곳을 동시에 커버하는 미친 플레이를 펼쳤다.

거기다가 지상에서도 양측 지상군이 전투를 벌이는 초인적인 멀티태스킹 싸움이었다.

누가 이기든 두고두고 회자될 명경기였다.

채팅창이 마비되었고, 관중들은 숨이 멎은 것처럼 조용히 경기에 집중했다.

그 인외지경의 싸움의 승자는 이신이었다.

이신이 4세트 승리를 확정 지었을 때, 경기장은 찌를 듯한 비명으로 끓어올랐다.

결국 승부가 마지막 5세트까지 이어진 까닭이었다.

'박영호가 숨기고 있었던 한 수를 막아냈다.'

…라고 생각했으면 이신은 오늘날까지 다전제 무패 신화를 쓰지 못했으리라.

'아냐.'

이신은 의심했다.

분명 멋진 쐐기충 컨트롤이긴 했지만, 박영호가 믿고 준비한 한 수일 거라는 생각은 들지 않았다.

'이건 페이크다. 네가 진짜 준비한 건 다른 거야.'

물론 이것도 상당히 준비한 것 같긴 했다.

하지만 어디까지나 이신을 속이기 위한 미끼로 준비한 것.

분명 다른 게 있다고 이신은 생각했다.

그런 이신의 의심은 단 한 번도 빗나간 적이 없었다.

5세트, 눈을 의심할 만한 광경이 펼쳐졌다.

맵 중심부에 이신이 병영 2채를 건설해 버린 것이다.

센터 2병영 전략.

실패하면 끝장인 치즈러시였다.

'넌 분명 뭔가를 준비했다.'

그래서 이신이 먼저 칼을 뽑아들었다.

'그걸 꺼내기 전에 내가 먼저 끝내주마.'

두 사람이 펼친 심리전의 내막을 알았더라면, 이신의 이 판단을 '신의 결단'이라 칭송했으리라.

이른 시간에 보병들이 들이닥치자 박영호는 한 대 얻어맞은 표정이 되었다.

마지막 순간까지 아껴두었던 한 수를 꺼내들지 못하게 이신이 먼저 선수 쳐버린 것!

승리가 목전이었다.

승부가 5세트까지 올 거란 걸 처음부터 예상했고, 여기까지 시나리오대로였다.

그런 박영호의 입장에서는 도미노가 완성되기 일보 직전에 쓰러져 버린 기분이 들 수밖에 없었다.

어떻게 대처해 보지만, 센터 2병영은 처음부터 눈치채지 못하면 아예 못 막는 전략이었다.

박영호는 통한의 GG를 쳤다.

이신은 벌떡 일어나 이겼다고 소리를 질렀다.

왕춘 감독과 코치들이 달려와 이신의 우승을 축하해 주었다.

숨 막히는 승부의 긴장감 끝에 얻은 승리의 전율!

이신이 프로게이머를 그만둘 수 없는 이유였다.

중독되면 잊을 수가 없는 짜릿함이었다.

작년 그랑프리 결승처럼, 이번에도 박영호는 훌륭한 도전자가 되어주었다. 이신은 인공지능과의 대결 이후로 느껴보지 못했던 승부의 스릴을 맛볼 수 있었다.

다만 여운처럼 마음에 남는 것이 한 가지.

바로 박영호가 준비했던 한 수를 끝까지 못 본 것이었다.

하지만 박영호는 이에 대해 일언반구도 하지 않았고, 이신도 마찬가지였다.

왜냐하면 곧 펼쳐질 그랑프리에서 볼 수 있을 것이기 때문이었다.

'덕분에 그랑프리가 기대되는군.'

박영호는 그랑프리에서 다시 만날 때까지 그 칼날을 다시 숨기고 있을 터였다.

그게 무엇인지 보기 위해서라도 이신은 곧 있을 월드 SC 그랑프리 개인전을 준비해야 했다.

그렇게 해서 2022년 전반기 시즌이 종료되었다.

후기리그까지 우승을 차지한 SC스타즈는 월드 SC 그랑프리 단체전 출장을 확정지었다.

개인전은 이신과 박영호가 출전하게 되었다.

2연속 우승자인 이신은 물론이고, 박영호도 작년 준우승자인 시허를 꺾고 출전권을 따낸 것이다.

'이제야 쉴 수 있겠군.'

시즌이 끝나고 휴식기가 주어지자, 비로소 이신은 다시 마계로 시선을 돌릴 수 있었다.

그랑프리는 마계에 다녀와서 준비할 생각이었다.

제9장

정상을 향하여

농담이 실제로 이루어져 있었다.

다시 돌아왔을 때는 서열이 더 올라가 있을지도 모른다고 질드 레가 했던 농담 말이다.

정말로 이신이 마계로 돌아왔을 때, 그레모리의 서열은 6위로 전보다 한 계단 더 올라 있었다.

이게 어찌 된 일인지는 매우 명확했다.

"열심히 싸우러 다녔습니다. 다시 계약자가 된 기분이라 즐거웠지요."

질 드 레는 자신의 성과를 자랑스레 이야기했다.

이신은 오랜만에 재회한 질 드 레와 이야기를 나누며 그동안의 이야기를 들었다.

이신이 중국 프로리그에 집중하는 동안, 질 드 레는 이신 대신 서열전 단체전을 참전하여서 그레모리에게 마력을 벌어다주었다.

시작은 조아생 뮈라.

조아생 뮈라는 머리 회전은 썩 훌륭하지 않지만, 자신을 높은 곳에 데려다줄 똑똑한 사람을 알아볼 줄은 알았다.

싸움밖에 모르는 자신을 나폴레옹이 나폴리의 왕으로 만들어주었고, 나폴레옹을 배신하자마자 끈 떨어진 연처럼 몰락했던 경험이 있다.

그런 살아생전의 경험을 통해 스스로의 능력과 한계를 성찰할 수 있었고, 때문에 이신처럼 손잡으면 이득이 되는 비범한 인물을 알아볼 줄도 알게 되었다.

조아생 뮈라는 함께 서열전 단체전을 몇 차례 치러보면서 질 드 레의 진가를 알아보았다.

그렇게 질 드 레의 옆에 들러붙어서 함께 서열전을 치르고 다녔다.

질 드 레의 입장에서도 손해가 아니었다.

조아생 뮈라는 기개가 있고 거침없다는 장점이 있었고, 따라서 끊임없이 위 서열에 도전했다.

질 드 레도 함께 편승하여서 계속 마력을 벌어올 수 있었다.

무엇보다 이를 통해 명성이 쌓이자, 슬슬 다른 계약자들로부터도 요청이 들어오기 시작했다. 조아생 뭐라가 질 드 레의 실력을 보증해 준 셈이었다.

주로 하위권과 중위권에서 활약했는데, 질 드 레는 이신의 수하 노릇을 하고 있다가 자신이 주도적으로 서열전을 치르니 더 열정도 느꼈던 모양이었다.

명색이 잔 다르크와 함께 백년전쟁을 승리로 이끈 지휘관이니 당연했다.

"6위라……"

이신은 6위라는 서열의 의미를 생각해 보았다.

이제 이 위로는 다섯 명밖에 없다는 뜻이었다.

여기까지 오르는 동안, 마계에서 열 손가락에 꼽히던 계약자들은 잠자코 지켜보기만 했다.

그들은 이신이 변화의 바람을 타고 날아온 이방인이라고 생각하고 있었다.

왜냐하면 아직 10위 안에 든 계약자와 정면 대결을 해서 이긴 적이 없었기 때문이다. 6위에 오를 때까지 말이다.

서열전 단체전에서의 능력이야 톡톡히 보여줬지만, 일대일 대결에서는 과연 어떨까?

이게 그들의 생각일 터였다.

하지만 이제부터는 달랐다.

'다섯 명밖에 안 남았다 이거지?'

최단 기간에 정상을 노릴 수 있는 가시권에 도달하기 위하여 기상천외한 편법을 동원한 이신.

그동안 이신은 서열전 단체전을 누구보다도 많이 치러본 계약자가 되어 있었다.

본인은 물론 권속 악마인 질 드 레 또한 실력과 경험이 합쳐졌다.

'이만하면 목적대로 됐다.'

서열전 단체전에서 승리하면 2배의 배팅을 차지할 수 있다.

반면, 상대는 이기더라도 지원자에게 절반을 나눠주어야 한다.

즉, 어떤 계약자도 이신과 서열전 단체전으로 싸우고 싶어 하지 않는다는 뜻이었다.

이익은 절반, 손해는 2배, 상대는 누구보다도 단체전 실력과 경험이 풍부한 이신. 이러니 누가 하고 싶겠는가?

이러한 상황은 아래 서열의 계약자들이 이신에게 도전하기를 꺼리게 만들었다.

이신이 원했던 것도 바로 이거였다.

'발목 잡히지 않고 정상까지 올라갈 수 있게 됐군.'

정상까지 올라가는 데 있어서 가장 힘든 것은 바로 도전자였다.

위만 바라보다가 아래에서 도전자에게 발목이 잡혀 다시 끌어내려지는 계약자들은 지금까지 수없이 많았다.

위로의 도전을 준비하면서 혹시 모를 아래로부터의 도전도 고려하여 준비를 해야 하는 이중고.

이신은 그러한 상황에서 벗어날 수 있게 된 것이었다. 서열전 단체전이라는 강력한 카드를 통해서. 그렇지 않았으면 여기까지 오기까지 계속 도전도 받았을 터였다.

"이제 당분간 지원 요청은 거절하고 도전할 준비를 하자."

이신의 결정에 질 드 레도 고개를 끄덕였다.

"예, 이제부터는 지원을 다니면서 마력을 모으는 것보다 직접 도전하는 편이 더 빠를 겁니다."

이제 이신은 물론이고 질 드 레도 명성이 자자했다.

이신이나 질 드 레가 나타나면, 상대측은 결코 많은 마력을 배팅하지 않는다.

결국 1만, 2만 마력 정도의 작은 벌이밖에 되지 않았고, 이제 이런 방식으로 마력을 모아봤자 서열을 6위에서 5위로 올리려면 한 세월이었다.

이신이 후기리그를 치르는 동안 열심히 싸우러 다녔던 질 드 레가 겨우 7위에서 6위로 한 계단 서열을 올린 것만 봐도 알 수 있다. 물론 그것도 대단한 성과였지만.

"길이 없거든 길을 만들어라."

질 드 레는 뜬금없이 그런 말을 했다. 그러고는 웃으며 말을 이었다.

"드디어 그 위대한 장군과 겨루어보는군요."

길이 없거든 만들어라.

그것은 그 유명한 한니발 장군의 명언이었다.

로마를 공포로 몰아넣었으며, 후세에 전략의 아버지라 불리기도 하는 한니발 바르카.

그가 바로 서열 5위의 악마군주 가미진의 계약자였다.

침략당했던 로마마저도 증오를 넘어 경외했던 명장과 싸울 수 있게 된 것이다.

마계에서도 강력한 계약자로서 군림하고 존경받고 있는 한니발. 서열 5위 아래로 떨어져 본 적이 없는 실적은 그의 실력을 증명했다.

질 드 레로서도 여러모로 존경과 동경을 가질 수밖에 없었다. 한니발과 동등한 위치에서 실력을 겨룬다는, 심지어 이긴다는 것은 상상하기 힘들었다.

하지만 주군인 이신이라면 결과는 알 수 없었다.

이신은 질 드 레가 지금까지 본 가장 뛰어난 실력을 가진 계약자였다.

남다른 관점과 발상, 매 순간 번뜩이는 재치, 언제나 정확하게 들어맞는 판단력.

질 드 레는 가장 존경하는 인물로 이신을 꼽을 정도였다.

마술처럼 승리를 만들어내는 솜씨에 언제나 매료되었고 본받고 싶어 열심히 배워온 질 드 레였다.

'두렵지만 또한 흥미롭구나.'

상대는 명성이나 실력이나 더 설명할 필요도 없는 한니발.

하지만 자신의 주군이 지는 것 또한 상상이 가지 않았다.

이 두 사람의 대결이 너무나도 기대되었다.

＊　　　＊　　　＊

이신은 그레모리를 만나 식사를 하고 5위로 도전하자고 제안했다.

"악마군주 가미진에게 도전하는 건가요?"

그레모리의 얼굴에 긴장감과 기대감이 동시에 비쳤다.

악마군주 가미진은 현재 서열 5위, 서열전 이전에는 4위에 있었던 위대한 악마군주였다.

서열전 이전에 56위였던 그레모리로서는 감히 범접할 수 없는 존재였다.

이제는 그런 존재에게 도전해야 한다니 두려운 건 당연했다.

하지만 기대도 들었다.

이신이라면 언제나 그랬듯 이번에도 승리를 가져다줄 거라는 믿음도 동시에 들었던 것이다.

이제 그런 맹목적인 믿음을 주기에는 너무 높은 곳까지 왔고, 이신이라도 언제 패배해도 이상하지 않다. 그럼에도 이신은 이상하게 믿음을 주었다.

지금까지 늘 이겨왔고, 언제나 확신에 차 있었던 이신은 주변 사람들에게 그런 절대적인 신뢰를 받고 있었다.

"가미진의 계약자라면 한니발 바르카로군요. 계약자가 되기 이전부터 유명했죠."

그레모리는 옛날 생각을 떠올리며 계속 말했다.

"알렉산드로스나 나폴레옹 때와 비슷했어요. 위대한 명장이 될 인간이 또 나타났다고 말이죠."

"역시 쟁탈전이 치열했겠군요."

"호호, 물론이죠."

최상위의 악마군주들이 경쟁을 벌인 탓에 중하위권의 악마군주들은 언감생심 얼굴도 못 내밀었다고 한다.

전쟁에서 패배한 뒤에도, 카르타고의 집정관이 되어서 개혁을 추진했을 때도 러브콜은 계속되었다.

개혁에 반발한 귀족들이 로마의 지원을 받아 암살을 시도하자 한니발은 결국 조국을 떠나야 했는데, 소아시아를 떠돌아다니는 힘든 시기에 악마군주들은 이때다 싶어 더더욱 유혹에 박차를 가했다.

마지막으로 망명한 곳은 비티니아였는데, 지중해 패권을 장악한 로마의 영향력이 거기까지도 미쳤다.

비티니아의 왕이 한니발을 로마에게 넘겨주기로 하자, 이를 안 한니발은 자결을 택하고는 악마군주들 중 하나를 선택했다.

더 이상 삶의 희망이 안 보이니, 슬슬 죽은 뒤의 새로운 삶을 생각해 보게 된 것이다.

그때 결국 선택받은 최후의 승자가 바로 악마군주 가미진이었다.

계약자가 된 이후에도 한니발은 자신의 진가를 보여주었다.

인류사의 위대한 영웅들이 계약자가 되어 서열전에 나타났지만, 한니발은 한 번도 5위 밑으로 내려간 적이 없었다.

"좋아요. 한번 도전해 보죠. 모든 걸 카이저에게 맡기겠어요."

"알겠습니다."

그레모리의 허가가 떨어지자, 이신은 한니발과 일전을 치를 준비에 착수했다.

일단은 한니발에 대한 정보를 수집했는데, 나폴레옹이 많은 정보를 주었다.

"알렉산드로스와 비슷하지. 크게 한판 싸워서 이기는 스타일이라고 할까?"

오랜만에 본 나폴레옹이 한니발에 대하여 설명해 주었다.

이미 한니발에 대한 정보는 널리 알려져 있었기 때문에, 딱히 설명해 줘도 한니발의 입장에서 기밀 유출 같은 건 아니었다.

이신의 고유 능력과 스타일이 계약자들 사이에 널리 알려진 것과 마찬가지였다.

"다만 차이점은 알렉산드로스는 속도가 아주 빠르고, 한니발은 전략과 전술의 설계가 아주 정교하지."

"설계라……"

이신은 한니발의 스타일을 대충 알 수 있었다.

지금까지 겪어본 프로게이머가 한둘이 아닌 탓에 당연히 한니발 같은 스타일의 선수도 있었으니 말이다.

그리고 그런 타입은 대개…….

"안 싸워주면 그만인데."

이신이 답을 도출했다.

이신이 가장 잘하는 짓이었다.

정면 승부를 철저히 피하고, 소규모 특공대를 투입해 견제 플레이를 펼쳐 야금야금 상대의 힘을 깎아내린다.

자원이든 병력이든 멘탈이든 셋 중 하나가 너덜너덜해질 때까지 계속 괴롭혀서 끝내 승기를 가지는 이신이었다.

하지만 그 말에 나폴레옹은 뜻밖에도 고개를 저었다.

"아 싸움을 피하기는 어려운 거야."

"어째서입니까?"

"그의 고유 능력이 상당히 사기거든."

"고유 능력?"

"나도 1위가 되기 전에는 상당히 괴롭힘을 당했지. 솔직히 말하면 난 알렉산드로스보다 한니발이 더 싫어."

나폴레옹은 칭찬은 해도 과찬은 한 적이 없었다.

이렇게까지 말할 정도면, 정말 한니발을 어려운 상대로 인정한다는 뜻이었다.

"어떤 고유 능력입니까?"

"장애물을 건너 버려."

"…예?"

"딱 한 번, 강이든 절벽이든 병력을 이끌고 건널 수 있다고. 쳇, 알프스는 나도 넘어봤는데 왜 그런 능력이 안 생긴 거야?"

나폴레옹이 뭐라고 투덜거리든 말든, 이신은 그만 멍해져 버렸다.

이건 생각지도 못 했던 능력이었다.

*　　　　　*　　　　　*

한니발의 고유 능력은 강을 건너거나 절벽을 넘을 수 있는 것이라고 한다.

물론 딱 한 번만 사용할 수 있는 능력이라고는 하지만, 한니발에게는 그 한 번으로 충분할 것이다.

알렉산드로스가 빠른 속도로 몰아치는 성격이라면, 한니발은 결정적인 전투를 정교하게 설계하는 성향이라고 했기 때문이다.

"틀어박혀서 방어만 하다가는 로마 같은 꼴이 나고 말지."

나폴레옹의 부연을 듣지 않아도 예상할 수 있는 일이었다.

한니발은 후세의 전쟁사 연구가에 의하여 전략의 아버지라는 별명을 얻었다.

로마를 상대로 전력상 열세를 극복하기 위하여 피레네 산맥과 알프스 산맥을 넘는 우회 기동은 한니발의 전략적 설계가 얼마나 뛰어난지 보여주었다.

이신이 본진에 틀어박혀 방어에 치중한다 해도, 로마를 쳤을 때와 똑같은 구조로 침입할 수 있는 것이다.

오히려 이신이 움직이지 않고 있어주니 설계대로 전투를 벌이기가 더 쉬울지도 모른다.

그러면서 하필이면 종족이 마물.

많은 병력 물량과 기동성을 자랑하는 호전적인 마물에게 그러한 고유 능력은 금상첨화였다.

"까다롭겠군요."

"까다롭고말고. 이제 고생 좀 할 거야."

나폴레옹은 몹시 흥미진진하다는 듯이 말했다.

이신은 그런 그의 표정을 살피다가 문득 물었다.

"한니발과의 싸움을 보고 싶으신 겁니까?"

"물론 자네와 한니발은 흥미가 당기는 대결이지. 하지만 아쉽게도 나도 바쁜 몸이다."

나폴레옹은 씨익 웃으면서 말을 이었다.

"악마군주 바알이 마침내 서열 1위로 도전할 자격 요건을 갖췄거든."

이신은 자신이 잠시 부재중이었던 짧은 시간 동안 많은 변화가 있었음을 알게 되었다.

그레모리가 서열 6위로 올라갔듯이, 그 시간 동안 알렉산드로스도 절치부심 노력한 것이었다.

압도적인 서열 1위 악마군주인 아가레스의 마력 총량의 9할을 달성하기 위하여 백방으로 뛰어다니며 마력을 긁어모았으리라.

"이번에는 알렉산드로스가 방법을 바꿔서 서열전 단체전으로 도전해 오는 것이 아닐까 싶었다. 가장 먼저 그대가 생각나더군."

사실 나폴레옹이 한니발에 대한 정보를 알려주겠다고 이신을 직접 찾아올 이유까지는 없었다. 이신이 찾아간다면 모를까.

나폴레옹은 이신의 동향을 살피고 싶어서 직접 찾아온 것이었다.

알렉산드로스가 서열 1위를 탈환하기 위하여 서열전 단체전을 선택한다면, 당연히 우선적으로 이신을 우군으로 만드는 게 합리적인 선택이니까.

　"다행히 한니발과의 일전을 준비하느라 바쁜 모양이니 나로서는 다행이군."

　"1위가 바뀌는 것도 재미있을 것 같긴 합니다."

　"하하, 그렇다고 알렉산드로스에게 붙는 건 참아다오."

　나폴레옹이 너스레를 떨었다.

　이신도 웃으며 말했다.

　"걱정 마십시오. 제가 직접 바꿀 생각이니까."

　"그건 또 기대되는군. 그러려면 우선 꺾어야 할 상대가 있지? 건투를 빌겠다."

　나폴레옹은 그렇게 말하고 떠났다. 이제 그도 알렉산드로스의 도전을 물리칠 준비를 해야 할 테니까.

*　　　*　　　*

　이후로 이신은 한동안 모의전을 펼치며 준비했다.

　이신이 준비하는 서열전은 일대일이었다.

　한니발과 실력을 겨루고 싶었기 때문이다.

　질 드 레는 이에 대하여 불안함을 느꼈다.

"물론 주군께서 한니발과 실력을 겨룬다고 하시니 저도 기대가 되긴 합니다만, 역시 단체전이 더 쉬운 길이 아닐까요?"

"여차하면 단체전도 치를 수 있어. 저쪽도 내가 도전할 거란 걸 안 이상 단체전을 준비하고 있을 테니."

질 드 레가 생각하기에는 한니발의 고유 능력이 좋지 않았다.

지형지물을 건널 수 있는 고유 능력과 마물이라는 종족의 조합이 공교롭게도 아주 위력적이었다.

아니, 한니발이 그 고유 능력을 가장 잘 활용할 종족으로 마물을 고른 것이리라.

"주군께서 수비태세를 갖춰도 본진을 직접 노릴 수 있는 수단이 있으니, 지금까지의 상대 중 가장 까다로울 것 같습니다."

질 드 레의 의견에 이신도 고개를 끄덕였다.

"서열 5위에 전설의 명장 한니발이다. 가장 어려운 상대인 건 당연하지."

"아무튼 주군께서 대결을 결심하셨다면 모의전을 해야 할 텐데, 제가 준비하기에 적합한 연습 상대가 될지 모르겠습니다."

질 드 레는 한니발처럼 병력을 이끌고 지형지물을 건널 수 없었다.

그게 이번 대결의 핵심일 텐데, 그걸 질 드 레가 구현하지 못하는 이상 연습을 도와줄 수도 없었다.

이신이 말했다.

"한니발은 아마 날 압박해서 수비 태세를 취하게 만들 거야."

"본진에 가만히 수비하고 있어야 전투를 설계하기 더 편하겠군요."

질 드 레는 심복답게 말뜻을 바로 알아차렸다.

한 번만 사용 가능한 고유 능력을 활용하려면, 치밀하게 구상한 딱 한 번의 전투로 승기를 잡아야 한다.

그러기 위해서는 이신이 설계에서 벗어나지 않도록 통제하려들 터.

이신을 강하게 압박해서 꼼짝없이 수비 태세만 취하게 만드는 게 바로 그것이다.

종족 특성상 마물은 휴먼을 그렇게 압박할 수 있었다.

"넌 날 압박해 봐라. 난 그 압박에서 탈출할 거다."

"알겠습니다."

그렇게 해서 두 사람은 모의전을 시작했다.

12가지 전장을 모두 골라가며 모의전을 반복했는데, 질 드 레는 요구대로 이신을 거칠게 위협했다.

원래 이럴 땐 휴먼은 자신이 강해질 타이밍이 올 때까지 잠자코 방어하며 기다리면 된다.

하지만 이번에는 경우가 달랐다.

잠자코 기다리면 한니발이 결정타를 먹이러 온다.

이신은 적극적으로 압박에서 벗어나기 위해 군사행동을 벌였다.

전투를 상대가 원하는 타이밍과 장소에서 열지 않겠다는 마음가짐이었다.

하지만 질 드 레는 이신이 치고 나올 때를 기다렸다가 잡아먹는 식으로 대응했다.

가만히 있어도 당하고, 치고 나오면 기다렸던 적에게 잡아먹히고.

이신은 발전한 질 드 레의 솜씨에 감탄할 수밖에 없었다.

한편으로는 한니발도 필연 이와 같은 방식으로 이신에게 선택지를 들이밀 거라는 생각이 들었다.

본진 안에서 죽을 것이냐, 밖으로 나와서 죽을 것이냐 하는 선택지 말이다.

'휴먼이 아직 강해지기 전, 마물이 가장 강한 타이밍이 바로 지금이니까.'

질 드 레가 캐치한 승부의 타이밍이라면 한니발도 알고 있을 터.

이신은 뛰쳐나와서 맞붙는 길을 택했는데, 승패가 반반이었다.

이신은 특유의 불꽃같은 컨트롤로 병력에게 지시를 내리며 전투를 구사했지만, 질 드 레 또한 이미 덮칠 준비를 하고 기다리고 있었기 때문에 전술적 우위를 보였다.

거기다가 이신이 치고 나오는 순간 살아 있는 소수의 마룡을 우회 침투 시켜서 본진을 교란시키기까지 하니, 이신으로서는 더욱 까다로웠다.

설사 이신이 전투에서 이겼다 해도 힘이 빠진 상태이긴 마찬가지.

질 드 레는 그동안 마력석 채집장을 곳곳에 구축한 상황이라 전투 지속력에서 우세를 점했다.

승률이 절반 이하로 떨어지자 질 드 레가 걱정을 표했다.

"괜찮겠습니까?"

"진을 펼치고 기다리고 있는 적에게 싸움을 거는 건 확실히 힘든 일이다."

"예, 그런데 아마 정면이 아닌 다른 루트로 우회해서 나오셔도 제가 사전에 알아차릴 겁니다. 계속 감시하고 있었으니까요."

"열기구 같은 걸 쓰면 확실하게 당한다는 뜻이군."

"예, 마룡을 대기시켜 놨다가 격추시킬 겁니다. 열기구는 속도도 느리니 저로서는 더 편해집니다."

그야말로 철두철미한 질 드 레의 봉쇄 전술이었다.

질 드 레는 한니발이 가진 고유 능력이 자신이 가졌다고 생각하고 모의전을 펼쳐보였고, 그것은 이신에게 큰 도움이 되었다.

대충 싸움이 어떻게 흘러갈 것인지를 알게 된 것이다.

"그 능력을 가졌다고 생각하니까 휴먼이 별로 두렵지 않더군요. 한니발 정도 되는 인물이니 이 능력의 활용을 저보다 훨씬 잘할 게 틀림없고요. 이번에는 정말 강적을 만나신 것 같습니다."

이신도 동의했다.

어쩐지 나폴레옹도 한니발은 꺼려 하는 기색이더라니.

지형지물과 건물을 활용하여 디펜스를 펼쳐야 하는 휴먼 입장에서는 가장 천적이 될 수 있는 존재였다.

한니발에게 휴먼은 그야말로 한 끼 식사거리였을 거라는 짐작을 쉽게 할 수 있었다.

"어떻게 상대할지 견적은 나오십니까?"

"대충."

이신의 대답에 질 드 레는 눈을 빛냈다.

자신의 주군이 어떤 해법을 제시할지 궁금했다.

"원하는 대로 둘 중 하나를 선택하는 거지."

"둘 중 하나요?"

이신이 계속 말했다.

"수비를 택한다면, 어떻게든 한차례 침공을 버티고 나면 그 뒤에는 한니발의 고유 능력이 사라지니 해볼 만해지겠지."

"그걸로 큰 피해를 입으면 돌이키기 어려울 텐데요."

"잘 막아야지. 출입구만 뚫리지 않는다면 후속타는 막을 수 있어."

질 드 레가 생각하기에 굉장히 어려운 싸움이 될 것 같은데, 이신의 수비 능력에 기대해 봐야 하는 부분 같았다.

"그럼 다른 선택지는 어떻습니까?"

"밖으로 진출해서 기다리는 적과 싸우는 거지."

"지금껏 계속 저와 모의전을 해본 바로는 결과가 좋지 않았지요?"

질 드 레의 지적을 이신은 순순히 인정했다.

"그 싸움에서 이긴 걸로 끝나지 않는다는 걸 확인할 수 있었지."

질 드 레는 모의전에서 이신을 압박하면서, 본인은 마력석 채집장을 여러 개 가져가서 확장에 성공했다.

싸움에서 이겼다 해도 그 마력석 채집장까지 부수지 못하면, 마력량에서 밀리므로 자연스럽게 다시 이신이 불리한 상황이 된다.

"치고 나와서 기다리고 있는 적과 싸워 이기는 것도 모자라서, 마력석 채집장까지 깨뜨려야 하는군요. 그러려면 전투에서 대승을 거둬야 합니다."

적을 이기고서 병력을 어느 정도 보존할 정도의 대승.

한니발을 상대로 그런 대승을 계속 거둬야 한다는 것은 이신이라 해도 어려운 일이었다.

"좀 더 전투를 잘 설계해 봐야지."

두 가지 선택 모두를 가정하고서 전략을 짜기로 이신은 결심했다.

한두 차례의 서열전으로 끝나는 승부가 아니므로, 몇 번을 싸워도 이길 수 있도록 다양한 전략을 수립해야 했다.

어려운 과제가 주어졌다는 것은 이신에게는 큰 즐거움이었다.

기습적인 초반 기습 전략으로 선수를 치기도 하고, 때로는 불리한 싸움을 이기기 위해 복잡한 전술을 구사하기도 했다.

그렇게 일주일이 지나서야 이신은 비로소 도전할 준비를 마칠 수 있었다.

"이길 자신은 있으신가요?"

악마군주 가미진에게로 출발하기 전에, 그레모리가 물었다.

"아마 여태껏 겪은 것보다 더 많은 패배를 감수해야 할지도 모르겠습니다."

"확실히 이번 상대는 다른가 보네요. 평소에는 늘 승리를 확신하셨잖아요."

"물론⋯⋯."

이신은 단언했다.

"마지막에 승리하는 건 우리입니다."

"그러면 돼요."

그레모리는 미소를 지어 보였다. 그녀는 언제나처럼 자신의 계약자를 신뢰했다.

파앗!

둘의 신형이 텔레포트로 사라졌다.

『마왕의 게임』 22권에 계속…